Erdi Gorch Fock

Tüdeln, smüüstern...
... John Glossi's Fall
an der Süderelbe

Kurzgeschichten von einem Exil lebenden Hamburger in NRW

Bibliografische Information der Deutschen Nationalbibliothek

Die Deutsche Nationalbibliothek verzeichnet dieses Publikation in der Deutschen Nationalbibliografie, detaillierte bibliografische Daten sind im Internet über http://dnb.dnb.ge abrufbar

© 2016 Erdi Gorch Fock

Herstellung und Verlag

BoD – Books on Demand, Norderstedt

ISBN: 9783739231143

Kapitel

Vorwort	Seite	7
Warten auf Godot, auf einen Boxkampf...	Seite	9
Die Hafenbahn, der Hamburger Flugzeugbau...	Seite	14
Grand Prix Eurovision de la Chanson...	Seite	19
Nur ein Umweg oder doch direkt ans Ziel...	Seite	21
Mit Witz und Humor kommt man ans Ziel	Seite	25
Im ständigen Wechsel der Staatsdiener...	Seite	30
Bundesbeamte sind in der heutigen Arbeitswelt...	Seite	35
Urlaub ist die schönste Zeit im Jahr	Seite	39
Cher Lock's Enkel mag keine Schuluniformen...	Seite	43
Cher, ich und die verschwundenen MINI Lenkräder...	Seite	47
Das Hamburger Bermudadreieck...	Seite	58
Lizenzrecht in Deutschland...	Seite	61
Mit dem Rad zur rechten Zeit ankommen	Seite	66
Richtige Männer versüßen jedes Sommerfest...	Seite	69

Welches ist der älteste Beruf der Welt?...	Seite 74
Sommer Herr Glossi möchte Urlaub machen...	Seite 78
Nur eine Muse kann beflügeln...	Seite 83
Gehöre ich zum alten Eisen ?...	Seite 87
Herr Glossi's Kampf mit der modernen Welt...	Seite 91
Die Mutter ist bekannt, der Vater ungewiß...	Seite 97
Felsenfest in meiner Entscheidung...	Seite 101
Fiete Glossi sucht einen Ferienjob	Seite 104
Alles nur Aberglaube...	Seite 108
Advent ist schön, wenn alle es genießen können	Seite 112
Herr Glossi hat Schnupfen...	Seite 115
John Glossi, die unbekannte Schöne...	Seite 119
Ein Hauch von Chanel...	Seite 119
...Walters Gedanken	Seite 122
...Gartenfest 1961	Seite 124
...die unbekannte Schöne	Seite 128
...die Ablenkung	Seite 133
letzte Anweisungen... 1962	Seite 139
die Recherche beginnt	Seite 143
Bontje gefällig ?	Seite 149
Keine Rechnung und Briefe bekommen...	Seite 155

Vorwort

Auch diesmal tummele ich mich in meinen Erzählungen wieder in der Politik, Wirtschaft, Film, Musik und Sport herum. Nach meinem Erstlingswerk Nach(t)gedanken folgt nun in meinem leicht chaotischen Stil, jenseits einer Chronologie ein neuer Strauß an Kurzgeschichten. In kleinen Episoden, teils in leicht biografischen Zügen geschrieben, gewähre ich einen kleinen Einblick was mich bewegt, teilweise sogar aufregt. Kurz mal 'Unsinniges, zum schmunzeln mit ein bisschen Krimi zum Schluß', getreu dem Motto und auch gleichzeitiger Titel dieses Buches, nehme ich nicht alles all zu ernst, lächele über mich, halte mir dabei selbst den Spiegel vor meine Augen. Manche Geschichten sind mit Hamburger Plattdeutschen Wörtern gespickt. Das ist reine Absicht und auch so gewollt. Einige Kapitel sind leicht, manche aber nicht ganz frei erfunden. Eins noch bevor es losgeht, meine lieben Leserinnen und Leser, ohne die Mithilfe von Freunden und Nachbarn, wäre dieses Buches nicht zustande gekommen. Einen ganz liebes Danke schön an meine Familie. Mein Sohn, als immer helfender Co-Autor in Text- und Gestaltung, hat es nicht geschafft, meine ganzen Rechtschreibfehler zu finden und zu verbessern. Vielleicht wollte ich es nicht, wer weiß...? Wer also von uns frei von Fehl- und Tadel ist, der werfe den ersten Rechtschreibefehlerstein. Für alle anderen... laßt bitte die Orthographie für einen Moment in den Hintergrund treten, also nicht jedes Wort oder jede Silbe auf die goldene Waagschale legen. Ich schreibe meine Geschichten mehr aus dem Bauch heraus, obwohl ich eher dazu Neige ein Kopfmensch zu sein.

Wer mich mit meinem 50+ Jahren besser kennen lernen möchte, ist herzlich eingeladen einen Blick auf meine eingestellten weit weiten Webseite http://erdigorchfock.com/ zu riskieren.

Wer nicht ganz so plietsche im Kopf ist, sucht einfach unter Exil lebender Hamburger in NRW im Internet und findet mit etwas Glück meine anderen Profile. Bis zum nächsten Mal wünsche ich eine kurzweilige und angenehme Zeit beim lesen...

Erdi Gorch Fock

Warten auf Godot, oder auf einen Boxkampf oder auf sonst was, des Alltags Tücken…

Wer kann sich darin erinnern, wie es ist, wenn man / sie auf etwas wartet und am Ende kommt es nicht oder es kommt doch noch, wir wissen nur nicht wann die Person, das Ereignis eintrifft, also warten wir, nur worauf ? Halten wir uns ganz leicht an Samuel Beckett's Theaterstück, spulen und drehen wir im Geiste an unseren Lebensjahren und erleben die verschieden Zeitphasen für uns noch mal. Wo sind wir, sind wir so ? oder trifft es nicht auf mich zu? Jeder hat seine eigenen Erlebnisse gemacht, gewartet und sich schon mal selbst hinterfragt oder? Wir haben alle die nötige Fantasie und Vorstellungskraft dafür ? Schon kommen wir zur nächsten Kurzgeschichte.

Am Anfang…konnte es Jan und ich kaum erwarten, daß die Schule aus war. Schule war blöd. Eine Institution, die mit wenigen Pausen gespickt nur aus lernen und Schularbeiten bestand. Meistens zogen sich die Stunden unendlich lange hin, bis das Pausenzeichen kam. Die Lehrer waren alle doof, wir versuchten uns die Zeit mit Kritzeleien zu verkürzen. Manchmal wurde diese Einöde mit praktischen Arbeiten, je nach Schulfach in die Länge gezogen. Wir konzentrierten uns in 45 Minuten darauf 44 Minuten auf die Uhr zu starren, nur um in der letzten Minute, vor dem nahen erlösenden Gong Schlag, die letzten Worte des Lehrer zu verpassen. Nun mussten wir regelmäßig nach fragen, was wir für Hausaufgaben auf hatten und die Lehrer kamen einfach nicht nach der Stunde aus dem Klassenraum heraus, nur weil sie mit Vorbereitungen zur nächsten Stunde beschäftigt waren. Unerträgliche Freizeit verstrich, bis mal der Lehrer gewillt war uns noch einmal zu erklären, was nächste Stunde vorbereitet werden sollte. Manchmal bin ich ohne zu warten einfach gegangen. Nee, es waren die schrecklichsten Jahre meines Lebens für mich. Jan erlebte es genauso wie ich, für Ihn war es noch schlimmer. Der arme Kerl mußte zu Hause auch noch üben. Ich dagegen nicht, ich war frei und brauchte nichts machen. Ich konnte rum tollen, wie ich wollte. Meine Leistungen waren unterirdisch, *" Na und !"* So blieb ich in der ersten Klasse sitzen. Jan wurde in die zweite versetzt. Das zweite Jahr drehte ich in der ersten Klasse eine Ehrenrunde. Mein neuer Freund war Hans. Hans und ich waren ein Team. Wir machten Blödsinn in der Stunde und störten die anderen Mitschüler durch pfeifen und singen mitten im Unterricht. Sehr oft durften wir den Unterricht früher verlassen und auf die nächste Schulstunde warten. Wir vergnügten uns im Pausenhof. Was interessiert mich Deutsch, schreiben oder Mathe. Wir hatten keine Angst vor den Arbeiten, den Jan, der schlaue Schüler, hatte für uns immer Zeit und bereitete uns auf Diktate und Prüfungen vor. Es war gut so wie es war. Wir tauschten und spickten uns durch die erste Klasse. Bis zu dem Tag als der blaue Brief zu Hans und auch zu meinen Eltern nach Hause kam. Hier begann der längste Tag in meinem Leben. Endlos warteten Hans und ich vor dem Sprechzimmer, vielleicht sollten wir einfach rein gehen oder Ball spielen auf dem Schulhof. Ganz egal, wir müssen warten, worauf warten wir? Können wir nicht nach Hause gehen ? Da auf einmal kamen die Eltern von Jan aus dem Sprechzimmer des Direktors. Wo kamen die denn her? und wo ist Jan? Was war hier denn nun los ? Vom Schulhof gingen Hans und ich wieder in das Vorzimmer des Schulleiters. Die Sekretärin erblickte uns. Auf leisen Schritten kam sie auf uns zu und teilte uns mit, daß wir gleich rein gehen könnten zum Direktor, es dauerte nur einen kleinen Augenblick…

Mitten im Leben stehend… hatte ich genug von meinem eintönigen Beruf. Morgens aufstehen und sein Tageswerk schaffen, Tag ein Tag aus. Diese Routine war ein Zeitfresser, der mich auf kurz oder lang kaputt machen würde. Edgar sah das genau wie ich. Wir hatten uns in dieser Firma hoch gearbeitet. Vom ausfegen der Halle bis zur Vertretung des Werkmeisters, wir konnten alles, uns machte keiner mehr was vor. Trotzdem waren wir unzufrieden, es fehlte die Belohnung vom Chef. Edgar kam auf die Idee, daß wir Verbesserungsvorschläge erarbeiten sollten. Welches Unternehmen möchte nicht effizienter sein und mehr verdienen. Wir würden bestimmt davon profitieren. Ja, in der Geschäftsleitung waren wir darauf in kurzer Zeit sehr beliebt. Nun wollten wir endlich unseren Verdienst, spürbar in barer Münze auf unserem Gehaltsschein sehen. Wir dachten uns eine super rationale Arbeitserleichterung für alle Mitarbeiter aus. Wir legten unseren Vorschlag vor und bekamen eine Einladung in die Chefetage. Würden wir endlich das bekommen, was wir wollten ? An diesen Tag, Vorstellung unserer Ideen, waren alle Bosse begeistert von uns. Wir starteten mit der Umsetzung, vereinfachten die Prozesse und warteten jeden Tag auf unsere Beförderung. In der Zwischenzeit hielten wir Informationsveranstaltungen im Betrieb ab, wie jeder Mitarbeiter von uns am gemeinsamen Ziel, Wegfall von unnötigen Arbeitsprozessen mit helfen könnte. Es vergingen Monate, von unserem versprochenen Geld war immer noch nichts zu sehen. Bis der Jahresanfang kam und die ersten Gewinnprognosen für unsere

Firma veröffentlicht wurden. Wir hatten es erreicht, 20 Prozent Gewinnsteigerung in allen Abteilungen. Nur mit der Gehaltserhöhung klappe es noch nicht, da unser höherwertiger Arbeitsposten, unsere neuen Arbeitspositionen und Aufgaben noch genau ermittelt werden mussten. In absehbarer Zeit würden wir unsere neue Gehaltsstufe erhalten. Mein Freund Edgar verließ die Firma, er konnte nicht mehr länger warten. Ich freute mich auf die klingende Anerkennung in barer Münze, aber warum dauerte es so lange, bis endlich das Geld kam ? Wollte ich noch länger warten? oder sollte ich kündigen und wo anders neu anfangen ? Die Zeit verstrich, mittlerweile hatte ich ein tolles weiteres flexibles Arbeitsschichtmodell einbracht. Endlich kam die lang ersehnte Nachricht von der Gehaltskasse, meine neue Geldstufe wurde nun festgelegt und wird in der nächsten Zeit eingearbeitet, wann genau die Systeme umgestellt sind, konnte die Personalabteilung noch nicht sagen, es wird daran gearbeitet: *„Auf meinen Boss ist Verlass, wie schön, wenn das Edgar noch erleben könnte"...*

Am Ende... meiner Zeit angekommen, habe ich nicht mehr vor zu warten oder mich mit Versprechungen abspeisen zu lassen. Aus Kindheit und aus meinem Arbeitsleben habe ich gelernt, daß ich nur Zeit vergeudet habe. Ich brauche nicht mehr hetzen und ungeliebte Termine wahrnehmen. Man was hat mich das frühe aufstehen gestört, als ich noch arbeiten mußte. Nun kann ich mir den Tag einteilen, wie ich möchte. Gelassen gehe ich meiner Wege. Ich möchte Reisen und genießen. Nächsten Monat werde ich mir was gönnen. Das habe ich mir ganz fest vorgenommen. Wenn ich noch mal die Wahl hätte, ich würde nicht soviel Zeit damit verlieren, alles anderen recht zu machen. Aber alleine macht es keinen Spaß, vielleicht hat ja meine Frau Zeit für mich und kommt mit mir mit. Ich werde sie gleich fragen, sie muß ja gleich kommen. Mein Nachbar hat sie schon an der Verkaufskasse im Lebensmittelgeschäft beim bezahlen gesehen. Noch schnell eine Tasse Kaffee trinken, aber dann geht es los oder bleibe ich hier und genieße die Ruhe ? Was dauert auch der Einkauf so lange ? Warum bin ich nicht mit Ihr mitgegangen ? Augenblicke für die Ewigkeit schmieden, ja ab sofort mache ich es so. Soll ich mich auf geduldig auf das Sofa setzen und abwarten bis Sie kommt ? oder Ihr, meiner einzig wahren Liebe entgegen gehen: *„Was soll ich nur machen ? "*…

Die Hafenbahn, der Hamburger Flugzeugbau Finkenwerder und Hafengeburtstag 2015...

Es ist schade, daß einiges vom Charakter einer Insel verloren geht, wenn keine Institution Verantwortung in Hege und Pflege übernimmt und es nach Jahren zum Zerfall von Brücken und Wegen kommt. Nur weil diese Zufahrten nicht mehr wirtschaftlich genug sind.

Der Erhalt einer kleinen Eisenbahnstrecke im Stadtteil Finkenwerder, ein Klotz am Bein ?

In einer schnelllebigen Zeit, wo alles auf Profit ausgerichtet ist, hat in der 'modernen Welt' die Romantik, die erlebte Geschichte keinen Platz mehr. Es sei denn: „ *Wi köönt dormit een Batzen Boorgeld rutslaken*". Von der früheren Trassenführung der kleinen Hafenbahn (HB), die Neßkanal / Rüschkanal / Deutsche Werft / Steendiekkanal, bis zum südlichen Umschlagplatz Harburg (Maschen) verband , ist nicht viel übrig geblieben. Dabei ist seit Kriegsende (1945) bis zum Jahr 1976 dieser Transportweg ein wichtiger Zubringer von Wertstoffen für den Hamburger Flugzeugbau und die Deutsche Werft gewesen. Solange die Wartungs- und Reparaturaufträge zur Aufrechterhaltung der Gleise bzw. der dazugehörenden Flurbereiche von MBB, HDW in Kooperation mit der Stadt gemacht wurden, gab es keine Probleme. Ausführende Baumaßnahmen erledigten sich schnell, von den jeweiligen Bauaufsichtsbehörden, Tiefbauämtern genehmigt, bearbeitet und so weiter. Nach Schließung der HDW wurden die Gleisanlagen, hinter der Schutzmauer, ständig zurück gebaut.

Es vergingen Jahre, bis die allein übrig gebliebene Airbus Unternehmensgruppe sich anschickte elegant von diesem lästigen wartungsintensiven Transportweg zu trennen. Es bestand schon lange Zeit kein Bedarf mehr die Wertgüter auf der Schiene zu transportieren. Im Laufe der Jahre (seit 1980), in den einzelnen Ausschüssen der Ortsämter, wurden die Themen Brückensanierung und Rückbau der HB geschickt bis heute nicht angefasst. Einfach nicht besprochen, wie es weitergeht, Zuständigkeiten der Behördenabteilungen nicht genutzt. Ein Stück Geschichte mit der Hafenbahn einfach vergessen. Natürlich wurde und wird ab und zu mal etwas gemacht in Finkenwerder, der Rüschpark angelegt, ein Hotel gebaut. Begehungen von den offiziellen Ämtern fanden über die Jahre nicht mehr regelmäßig statt. Im September 2014, mehr durch Zufall kam dann der Tagesordnungspunkt 'Brückensanierung in Finkenwerder' im Regionalausschuss Finkenwerder auf den Tisch.

Quellangabe 1): https://sitzungsdienst-hamburg-mitte.hamburg.de/bi/vo020.asp?VOLFDNR=1004613

"Brückensanierung in Finkenwerder , 26.09.2014

Sachverhalt:

Bedingt durch die Vielzahl von Gräben gibt es in Finkenwerder ebenso eine Reihe von Holzbrücken, die die Grabenläufe queren. Im Laufe der Jahre sind die Brücken entweder durch die Witterungseinflüsse oder durch Vandalismus stark beschädigt worden. Dies gilt insbesondere für die Grünanlage im Rüschpark, wo Brückenteile als Feuerholz zweckentfremdet wurden. Aber auch die Brücke über den Finkenwerder Fleet (Gracht – östlicher Teil) ist zumindest an den Geländern stark beschädigt und zeichnet ein desolates Bild (siehe Anhang).

Ebenso beschädigt ist die Brücke am Bahndamm an der Finkenwerder Landscheide. Alles in allem sind die Brücken Teil der Wegestruktur von Finkenwerder und müssen dementsprechend gepflegt werden.

Petitum/Beschluss:

Vor diesem Hintergrund beschließt der Regionalausschuss Finkenwerder:

1. Das Bezirksamt wird aufgefordert, die oben genannten Brücken in Augenschein zu nehmen und in Abstimmung mit der Tiefbauabteilung und mit dem Management des Öffentlichen Raumes eine Bestandsaufnahme durchzuführen. Hierbei ist festzuhalten, welche Brücken eine besonders starke Beschädigung aufweisen. Diese sollten dann zeitnah einer Sanierung unterzogen werden.

Gleichzeitig ist zu ermitteln, aus welchen Titeln die Sanierung erfolgen könnte.

2. Der Regionalausschuss ist zeitnah über die Ergebnisse der Prüfung zu unterrichten.

3. Die Bezirksversammlung Hamburg-Mitte wird um Bekräftigung gebeten."

Da stelle ich mir doch die Frage, wer soll das alles bezahlen soll ? Gibt es keine Möglichkeit den Nutznießer mit ins Boot zu nehmen ? Schließlich haben durch diese angelegten Bahntrasse Stadt und Firmen gut verdient oder ? Ein paar Monate später, kam es zu einer abschliessenden Lösungsmöglichkeit.

Quellangabe 2): https://sitzungsdienst-hamburg-mitte.hamburg.de/bi/vo020.asp?VOLFDNR=1005820

„Bezirksversammlung Hamburg-Mitte Drucksache – 21-0257.2

Betreff: Brückensanierung in Finkenwerder

Federführend: Fachamt Interner Service Beteiligt: Fachamt Management des öffentlichen Raumes

Bearbeiter/-in: Schustermann, Gerd

Regionalausschuss Finkenwerder 21.04.2015

Sachverhalt:

Der Regionalausschuss Finkenwerder hat den o.g. Antrag in seiner Sitzung am 07.10.2014 einstimmig beschlossen. Die Bezirksversammlung Hamburg-Mitte hat den Beschluss des Ausschusses in ihrer Sitzung am 30.10.2014 einstimmig bestätigt.

Das Fachamt Management des öffentlichen Raumes teilt hierzu Folgendes mit:

„Die Brückengeländer im Rüschpark wurden erneuert. Die Bodenbeläge dieser Brücken sind jedoch auch abgängig und müssten erneuert werden. Das geht aber über die normale Unterhaltung (dafür erhält MR Mittel von der BWVI) hinaus. Das Fachamt Management des öffentlichen Raumes wird mit der BWVI wegen der notwendigen Grundinstandsetzung der Brückenbeläge in Kontakt treten.

Die 4 Brücken am Finkenwerder Fleet und die Brücke am

Bahndamm Finkenwerder Landscheide wurden geprüft und leider alle als abgängig bewertet. Auch hier muss die BWVI jeweils im Rahmen einer Grundinstandsetzung tätig werden. Das Fachamt Management des öffentlichen Raumes wird die BWVI kontaktieren."

So einfach ist das. Es wird nicht mehr darüber gesprochen, es ist passiert, reißen wir alles ab. Wer, was, wann und wie reparieren und in Schuss halten sollte, kann nicht mehr ermittelt werden. Es kann kein Zufall sein, das diese Sitzung ein paar Tage vor dem Hamburger Hafengeburtstag statt fand oder? Nach dem 'Prinzip Brot und Spiele', wir geben Euch neue Fahrrad Wege und Parkplätze, wird hier die eigene Unfähigkeit verschleiert, gute Verkehrsverbindungen zu erschaffen. In der Hoffnung das keiner was merkt. Hier stimmt was nicht, die intakte Hafenbahn Trasse hätte leicht zur einer Bahnverbindung von Finkenwerder nach Harburg ausgebaut werden können. Ich würde gerne die Zeit zurück drehen und mit den damaligen Verantwortlichen sprechen, warum Sie es zugelassen haben, daß Finkenwerder immer mehr seine Ursprünglichkeit verliert und warum am Ende eines profitablen Weges immer nur der kleine Bürger die Zeche bezahlen muß und Unternehmungen, die bis zum letzten an dieser schnellen Hafenbahn verdient haben, sich aus Ihre Verantwortung stehlen können und sich nicht am Bau einer S-Bahn beteiligen. Aber damit ist heute kein Batzen Geld mehr zu verdienen. In Erinnerung an meine Rüschsiedlung......

Zu meinen Quellangaben 1 und 2; wer möchte kann unter dem angegeben Link seine eigenen Recherchen im Internet machen, ggf. unter dem Link https://sitzungsdienst-hamburg-mitte.hamburg.de/bi/allris.net.asp - Bezirksversammlung Hamburg-Mitte suchen und nachschlagen. Stand 2015

Grand Prix Eurovision de la Chanson, Eurovision Song Contest...

In ein paar Tagen geht es los, der europäische Song Contest der Lieder und Songs startet wieder. Eine kleine Vorfreude steigt in mir schon Tage vorher auf, denn seit 1974 habe ich kaum eine „de la Chanson Veranstaltung" verpasst. Wenn die Eurovisionshymne („Te Deum – Marc-Antoine Charpentier) erklingt, sitze ich wie früher vom Fernseher und genieße jeden Moment.

Alles fing bei mir mit Brighton an. Meine Eltern und ich saßen auf dem Sofa in der Wohnzimmerküche. Es war gemütlich, mein Vater und ich futterten die frischen Apfel- und Birnenstückchen, die uns meine Mutter zubereitete, natürlich mit echten zweizackigen Bakelit Obstgabeln. Unser Schwarzweißfernseher sendete flimmerfrei, es brauchte niemand an diesem Abend die auf dem Dach installierte terrestrische Fernsehantenne zu justieren. Es waren immer besondere Abende, wenn Fernsehsendungen gleichzeitig mit anderen Ländern ausgestrahlt wurden. Schon beim einsetzen der Eurovisionsfanfare war pure Spannung angesagt. Zum ersten Mal hörte ich die einzelnen Punktwertungen in den verschiedenen Sprachen. Für die deutschen Vertreter war 1974 nichts zu machen, „Cindy und Bert" holten mit der 'Sommermelodie' einen der letzteren Ränge. Eine schwedische Gruppe holte sich mit Waterloo den ersten Platz. In diesen Nacht träumte ich von „one Point for West Germany, dix points pour Suède, twelve points to United Kingdom, une point du Allemagne". Ich wachte am nächsten Morgen auf und war ABBA Fan.

Bis 1982 haben wir fast immer nur Punkte im einstelligen Bereich von den lieben Nachbarländern bekommen. Ob Mannheimer

Rockröhre Joy Flemming oder Les Humphries Singers, wir erreichten den ersten Platz nicht. Was Lena Valaitis 1981, trotz Daumen drücken nicht gelang, gewann dann Nicole mit ein bißchen 'Frieden'. In den nächsten Jahren bekam ich wieder unsere Grand Prix Kost zu spüren. Regelmäßig lagen wir im unteren Drittel der vortragenden Länder. Aber auch Achtungserfolge, wie mit der Gruppe 'Wind' waren dabei. Drei Jahre von 1998 bis 2000 schickten wir auch lustige Interpreten (Gildo Horn, Sürpriz, Stefan Raab) ins Rennen um den Eurovisionstitel, als wollten wir den anderen Ländern damit zeigen, daß uns sehr viel daran liegt dabei zu sind und wir nicht alles so „Bier ernst" nehmen. Natürlich ist es immer enttäuschend, wenn super Gruppen wie 'Texas Lightning' oder 'No Angels' nicht gewinnen. Solange auf unserem Satellite Sänger wie Lena Meyer-Landrut erfolgreich für uns streiten, schaue ich mir die Show an, auch wenn ich nicht immer alles verstehe, was da gesungen wird.

Was mir immer noch gut gefällt, sind die Vorstellungen der einzelnen Länder, die gekonnt dargestellt werden.

Wenn sich unsere deutschen Sangeskünstler immer im klaren sind, daß ein gewählter Vertreter auch am Song Contest mit machen soll und es nicht zu verwirrende Situationen im Vorfeld beim Vorentscheid Sieger kommt, sehe ich meine lieb gewonnene europäische Musikshow gerne an. Naschereien und Musik gehören für mich seit 1974 als Ritual dazu und wer weiß, vielleicht schneidet unsere Interpretin Ann Sophie mit Ihrem Black Smoke 2015 besser ab, als unsere Nachbarn punkten können…

Nur ein Umweg oder doch direkt ans Ziel, ein Flug mit Hindernissen ?

Urlaubszeiten sind die schönsten Tage im Jahr. Millionen reiselustige Menschen machen sich auf und grasen im weltweiten Internet die günstigen Angebote ab. Wo soll es hin gehen ? Längst sitzt das Geld nicht mehr so locker, jeder möchte von uns den meisten Komfort für wenig Zaster haben. Sparten wie Sport, Freizeitangebote, Unterhaltung und Dauer Berieselung sind wichtig in unserer heutigen Zeit, nicht mehr weg zu denken oder? Drehe ich nun ein klein wenig am Rad der medialen und schnelllebigen Uhr der Zeit zurück, war es bis vor kurzem wichtiger anzukommen, Reisen konnten vergnüglich sein, es war eine Frage, ob man sich es leisten konnte. Ballermann läßt grüßen, aber wo sind die Individualisten geblieben?

So in den 1990 'zigern stand mein Urlaubsziel fest. Amerika und Kanada waren meine beliebten Reiseziele. Meine Vorbereitungen fanden meistens im Herbst des Vorjahres statt, es dauerte immer eine Ewigkeit, bis die Kataloge der jeweiligen Reiseveranstalter in den Reiseagenturen aus lagen. Schon mitten im Arbeitsleben stehend, wollte ich jenseits von Neckermann, Meyer oder TUI-Reisen, meine Schnäppchen-Reisen selbst zusammen stellen. Hierbei war es wichtig den Schulferienkalender im Kopf zu haben. Wer fliegt schon gerne in einem überfüllten Flugzeug, in einem Bundesland ab, wo die Schulferien anfangen haben, wohl noch mit einem Charter- oder einem Pauschalbomber, das geht gar nicht. Mit Glück hatte ich alles was ich brauchte von Prospekten und Fahrplänen bis November zusammen getragen. Nun konnte ich in Ruhe, die einzelnen Angebote studieren.

Auf direkten Wege nach Kanada ging es damals immer von Frankfurt aus. Das ist schon immer so gewesen, schon klar, nun lebe ich in NRW, da muß es doch noch andere Möglichkeiten geben oder? Wie gesagt, die Internetreisedienstleister waren nicht so omnipräsent wie heute. Individuell konnte ich mit Zubringer Flügen von einem anderen Ort oder Land abfliegen und sparen. Genau so wollte ich es machen. Nur von wo und mit welcher Fluggesellschaft. Einige schlaflose Nächte später, der Verzweiflung nahe, da ich immer wieder von Hawaii träumte, ……

….. hatte ich diesmal meinen Ausgangspunkt von Amsterdam geplant. Ohne lange zu überlegen, Kreditkarte gezückt gebucht und bezahlt. Mitten im Februar alles in trockenen Tüchern, der Sommerurlaub kann kommen. Statt mit Lufthansa fliege ich nun KLM, na das wird bestimmt schön. Der Tag der Abreise, so simpel und einfach, war mit Schwierigkeiten verbunden. Ich fahre nicht gerne auf die letzte Minute los und die erste gemeldete Verzögerung haut mich nicht um. Nun kündigte sich diesmal genau in meiner Urlaubszeit ein Streik der Deutschen Bundesbahn an.

„So ein Mist", dachte ich mir. *„das kann ja wieder mal was werden"*. Pünktlich stand ich am Gleis, vom Niederrhein direkt nach Schiphol Flughafen wollte ich fahren, eine gute Verbindung, nur diesmal mußte ich in Amsterdam Centraal umsteigen. Mit Hilfe der „DB", eher mehr dem pfiffigen versierten, gut informierten Fahrkartenschalterbeamten meiner Stadt dankend, fand ich direkt einen Anschlusszug zum Amsterdamer Flughafen. Das umsteigen war kein Problem und der Flughafen war schnell erreicht. Nun noch schnell den Flugschalter finden, Koffer abgeben und Flughafenhalle

besichtigen. Hier folgte der zweite Schock, eine süß aussehende Mitarbeiterin der KLM erklärte mir, daß das Flugzeug über bucht sei. Es würde am heutigen Nachmittag kein Flug mehr direkt nach Toronto fliegen. Ich verstand nur *„heute nicht, aber morgen wieder"*. Mit mir wurden ungefähr 30 Passagiere in das Flughafenrestaurant gebeten. Auf Rechnung des Veranstalters wurden wir zu einem Essen und einer kostenlosen Übernachtung eingeladen. Das „mooie Meisjes" vom Schalter kam in das Restaurant und verteilte Gutscheine an die anwesenden Reisenden. Also Bus und Hotel waren gebucht, einen Tag in Amsterdam, klasse, wollte ich schon immer mal machen. In einem Gespräch mit der KLM Stewardess, fragte ich nach einer anderen Möglichkeit der Weiterreise. Wenn ich schon nicht direkt nach Kanada komme, nehme ich den nächsten Flug der mich in die Nähe meines Zielflughafens bringt. Mit einem lächeln verschwand die Stewardess. Ein paar Minuten später kam „Sie" zurück und machte mir eine Offerte, die ich nicht ausschlagen konnte. Es gab noch einen Flug über den Atlantik und zwar nach New York. Natürlich wollte ich weiter, Big Apple ich komme, mit mir waren noch 5 weitere Abenteurer auf den Weg zum Abreiseschalter. Auf dem Weg durch die vielen Gänge, sammelte unsere Flughafenbegleitung die nicht benutzen Bus- und Hotelreservierungen ein, verabschiedete sich von uns, wir waren an der Einstiegstüre des Fliegers angekommen. Bei der Begrüßung konnte ich meinen Ohren kaum glauben, *„Willkommen bei der Martin Air"*. Was war passiert ? Tausend Gedanken schwirrten durch meinem Kopf. Tatsächlich saßen wir nun in der Bussiness Klasse Richtung Toronto. Was war mit New York? Bei einem Tomatensaft wurde uns klar, das wir Glück hatten und diese Maschine direkt nach

Kanada fliegt, der anstehende Zwischen Stopp in New York fällt aus, immer noch leicht überrascht, freute ich mich auf diesem besonderen Nachtflug, nie im Leben hätte ich mir so was leisten können, nein das würde selbst heute noch meine Reisekasse sprengen. Beim Nachtmahl (Abendessen auf Porzellan Tellern) erklärte mir die anwesende Martin Air Mannequin Stewardess, das es noch 6 freie Plätze gab und „die kleine Schwester der KLM" immer gerne bei Überbuchungen aus hilft.

Manchmal ist ein Umweg der direkte Weg ans Ziel. Danke, es war ein sehr schönes Abenteuer für mich…………..und ein wunderbarer Flug.

Mit Witz und Humor kommt man ans Ziel, Don Quicotte ist immer ein Held....

Verzwickte Situationen erfordern Geschick, Geduld und eine Menge Durchhaltevermögen, sonst rücken die anvisierten Ziele in weite Ferne. Manchmal hilft es die Ruhe und einen kühlen Kopf zu bewahren. Mit einem Lächeln oder einem Zwinkern in den Augen geht es leichter. Kommen wir zum Thema, unsere heutige Geschichte handelt von: „ *Warum passiert mir das* " – halt ich werde doch nicht gleich alles schon in der Einleitung verraten. Natürlich fängt es wieder an mit …. Es war einmal…..

eines Tages, da wollte der edle Herr Don Quichotte seiner imaginären Dulzinea einen frischen kühlen Zitronensaft zu bereiten. Er ging in die Küche und bemerkte, daß keine Zitronen mehr da waren. Grübelnd schlenderte er in sein behagliches Studierzimmer und überlegte wie er nun an seine begehrte Früchte kommen könnte.

Zur selben Zeit gastierte auf dem Marktplatz von Mancha eine Theatergruppe aus dem fernen Alemania. Die Schauspieler und Tänzer sorgen mit ihren kleinen aufgeführten Stücken für eine nette Abwechslung, besonders die schöne Esmeralda. Sie war mit Ihren getanzten Darbietungen sofort der Publikumsliebling. Krämer, Kaufleute, Bauern, einfach alle Stände des Handwerkes waren nun hier an einem Ort versammelt und handelten und verkaufen Ihre Waren. Karussell, Gaukler und Marktschreier wechselten sich fortlaufend ab. Herrliche Düfte lagen in der Luft, nach gebrannten Kastanien, Jasmin und Orangen. Am Brunnen, in der Mitte des Marktplatzes erzählte Till Eulenspiegel, gespickt mit kleinen Zaubereinlagen seine erlebten Geschichten.

Es war schon am frühen Morgen sehr stickig und warm, so das alle Besucher des Marktes sich langsam durch die engen Gassen bewegten.

An den nahen Feldern von La Mancha schnitt derweil Sancho Pansa mit einer stumpfen Sense das fast Meter hohe Stroh von seinen Wiesen. Lange würde sein Werkzeug nicht mehr durch halten. Wie gut das in Mancha gerade ein Volksfest statt fand. Hier würde er bestimmt einen Messer- und Scherenschleifer finden, der die Klinge schärfen könnte. Er machte sich auf dem Weg dorthin. Vielleicht wollte sein Freund Don Quichotte auch zum Markt von Mancha mitkommen. Gemächlich trottete Sancho mit seinem Esel Eduardo zu Quichotte 's Finca.

Während dessen machte Aldonza Lorenzo sich zurecht, heute wollte sie ausgehen. Das Fest lag vor Ihrer Türe, war wie gemacht für Ihren sehnlichsten Wunsch…… Mit einem Blick aus dem Fenster sah sie auf dem Marktplatz dem geschäftigen Treiben der Passanten zu. Bis zum anstehenden Maskenball am Abend war noch Zeit für ein ausgiebiges Bad. Also schnappte sich Aldonza Ihren Sombrero Portuguesa und einen Eimer zum Wasser holen, eine Schweiß treibende Prozedur stand an. Bestimmt würde sie ein Dutzend mal laufen müssen, bis die Wanne voll wäre.

Seit den frühen Morgen war Vinzenco aus Almahra damit beschäftigt Wetzstein, Schleifrad, diverse andere Hand große Schleifsteine auf den Pferdekarren zu packen. Beim anspannen der Pferde bemerkte er, daß die Wagenräder etwas zu viel Spiel hatten, er mußte einige Schleifsteine wieder auspacken und sich mit leichtere Fuhre auf den Weg nach Mancha machen.

Mit lauten Beifall wurden die Laiendarsteller am Ende Ihres Stückes beklatscht. *„Man ist das warm ist hier"*, Esmeralda brauchte eine Pause. Eigentlich war Ihr richtige Name Carmen Bodilla Bachmann, aus Bröthen stammend. *„Bereiten wir die Bühne für heute Abend vor"*, zustimmend wurde Vorschlag von Salvatore de Bergerac, dem Leiter dieser kleinen Theatergruppe angenommen. Salvatore drehte sich zum Publikum: *„Also, meine lieben Amigos, wir machen Pause und treffen uns später zum Luna Ball wieder"*. Der Applaus ebbte ab, die Stuhlreihen wurde lichter. Nun konnte Carmen endlich zu Till rüber gehen und Ihrem Freund zu hören und zu sehen, wir er seine kleine Zuhörerschar unterhielt. Mit wenigen Handgriffen steckte sie Ihr Haar hoch, fixierte es mit einer Hutnadel unter Ihrem Sombrero und tauchte in der quirligen Menschenmenge unter.

Nach einer guten Stunde sinnierend auf dem Kanapee liegend kam Quichotte zu einer guten Entscheidung, *„Nun, da bleibt mir wohl nichts anderes übrig, ich werde zum Markt von Mancha reiten und ein paar Zitronen holen"*, so sattelte er Rosinante, schnappte sich einen Eimer und galoppierte rasant los.

„Auf langen Wegen vertreibe ich mir die Zeit mit allerlei ", gebannt hören die Zuhörer Till Geschichte an. Till machte kurze und lange Schritte, schmiss dabei gekonnt und ohne lang hin zu sehen kleine Steine in den Brunneneimer, *„ indem ich immer wieder versuche mit kleinen Steine am Wege genau "* ,Till erblickte in der Menge Esmeralda, dadurch war er für einen Moment abgelenkt, in einem hohen Bogen verfehlte der geworfene Stein den Brunnen und traf stattdessen direkt den Eimer von der heran kommenden Aldonza. Sie ließ verschreckt den Eimer fallen. *„Du bist ein bisschen loco mein Freund"*, kam es von Dulzinea. Die Zuhörer mußten laut lachen,

selbst Carmen konnte sich das schmunzeln nicht verkneifen.

Endlich erreichte Sancho Pansa die Finca *"Roberto, Sancho ist hier, wo bist Du mein Freund"*, Sancho klopfte an die Türe. Als keiner aufmachte wurde das Haupthaus umrundet und ganz gemächlich die Terrasse angesteuert. Mit einem letzten Blick in den Stall, auf die fehlende Rosinante, hatte Sancho die Gewissheit, daß sein Freund nicht zu Hause war. Er legte den Sack Zitronen zu den Oliven Kisten. Nun wurde die Reise mit Eduardo nach Mancha fortgesetzt.

"Till sei galant zur schönen Seniora, helfe Ihr beim Wasser schleppen", kam es vom Carmen aus dem Publikum herüber. Mit schnellen Schritten stand er am Brunnen. Mit einem *" Entschuldige, es war nicht meine Absicht, ich ziehe Dir dafür"*, dabei zog er so ruckartig an der Brunnenkurbel, ganz verwundert schaute er auf das Ende des Seils, es war kein Eimer mehr daran. Ein lautes Lachen kam von überall her, von nahem trottete ein Karre langsam zum Brunnen. Es war Vinzenco's Pferdewagen, quietschend rollte er auf seine Verkaufsecke am Marktplatz zu. Es war kaum mehr möglich in die Mitte des Marktes zu kommen, so viele Leute standen am Brunnen. Das Schicksal nahm seinen Lauf, denn beim abstellen der Karre brach ein Wagenrad seitlich weg. Das schwere Rad schlingerte in kreisenden Bewegungen zu Boden und beschädigte dabei den Eimer von Aldonza, *"Na super, hier haben wir el Loco und seinen Gehilfen El grosso Loca, wie soll ich nun Wasser schöpfen Caballeros, nun da der Boden vom Eimer einen Sprung bekommen hat ?"*

Roberto hatte endlich seine Zitronen bekommen, überall standen Leute an den Ständen, langsam kam er auf den Brunnen zu, die versammelte Menschentraube feixte und lachte, als sich noch

Sancho mit seiner Sense dazu gesellte und in seiner alt bekannten Art ein „*Una problema*" raunte. „*Was ist passiert, ma amiga Aldonza ?*, kam es fragend aus Ihm heraus."*Sancho mein Retter, kannst Du mir einen Eimer besorgen, damit ich Wasser schleppen kann ?*" „*Das ist eine Aufgabe für einen Edelmann*", erklang es aus der Menge von Don Quichotte herüber. Er verteilte schnell seine gekauften Zitronen in der Menge des Publikums und stellte seinen Eimer vor dem Brunnen ab. Einige Passanten folgten dem Beispiel von Quichotte und stellen Ihre mitgebrachten Eimer ebenfalls dazu. Carmen eilte herbei, nahm das Ende des Seiles an der Kurbel vom Brunnen. Sie steckte Ihre Hutnadel durch das Seil, bog die Nadel vorsichtig krumm und lies diese selbst gebaute Angel im Brunnenschacht herunter. Sancho und Till befestigten das lose Rad wieder am Pferdekarren. Vinzenco schnappte sich Aldonza Eimer und flickte das Loch so gut es ging. Esmeralda hatte Glück, sie holte mit Ihrem präparierten Seil den Brunnen Eimer wieder nach oben. Nun bildete der bereit stehende Salvatore eine Schleppklette, mit anderen Mitgliedern der Theatergruppe, vom Brunnen bis zur Haustüre von Esmeralda. Till gab mit „*Auf die Plätze fertig los*", das Startzeichen. Nach ein paar Minuten war Dulzinea's Badewanne mit Wasser gefüllt. Roberto zeigte sich großzügig und lud alle Helfer, samt Theatergruppe auf seine Finca zum Paella Essen ein.

Nachdem Essen ging es gemeinsam gut gelaunt zum Luna Ball, es wurde eine lange Nacht. Salvatore und seine Gruppe hatten zur Überraschung aller anwesenden Gäste eine neue Tanznummer kreiert.

Viele von uns kennen dieses Theaterstück bestimmt, als kleine Hilfe von mir „ <u>Ein Loch ist immer Eimer……</u>"

Im ständigen Wechsel ist der Staatsdiener auf der Strecke geblieben, weg rationalisiert, weg privatisiert und was nun ?

Im Arbeitsleben sollen die Arbeitnehmer flexibel sein. Früher hätte ein Unternehmer gesagt: *„Der richtige Mann oder die Frau an dem richtigen Ort und Stelle und es läuft"*. Diesmal möchte ich einen kleinen Einblick in den irrsinnigen Wandel von ehemals staatlichen Behörden auf dem langen Weg in die Privatisierung geben. Wer glaubt, daß ich nicht richtig liege, der kann seine eigenen Recherchen machen und es selbst heraus finden, wie sich die Zeit in den gemütlichen Amtsstuben geändert hat. Fort von der Bürokratie mit Arbeitern, Angestellten und Beamten, die im öffentlichen Dienst stehend, jeden Tag Ihre Aufgaben zum Wohl der Gemeinschaft machen, Ihre Aufgaben erledigen, jeden Wechsel und Kahlschlag von Standorten hin nehmen, ohne richtig zu murren und hinein in die Aktiengesellschaften und GmbH's. „Willkommen im Konzern"……
Fangen wir an mit …………… Es war einmal……

in dem Land Germania, da gab es Behörden wo alles seine Ordnung hatte. Wer für den Staat Germania arbeitete, hatte Glück, ganz egal in welcher Gemeinde, Kreis, Stadt, Arbeitsamt, Post, Krankenhaus u.s.w. er oder sie beschäftigt waren. Viele Generationen von Familien und Gleichgesinnten waren stolz darauf ein Teil vom großen und ganzen zu sein. Für jeden willigen Arbeitnehmer war ein Arbeitsplatz *„im Amt"* vorhanden. Seit Jahrhunderten galt Germania als fleißig und korrekt. Manchmal wurden in den Regierungsformen, Ministerien und Ämtern Fehler gemacht, was es zu Kaisers Zeiten nicht gegeben hat, wurde politisch gesehen in den letzten Jahren angepasst, wurde vom Staat korrigiert und diente zum Wohle der allgemeinen Öffentlichkeit. Es gab und gibt das berufliche Beamtentum, ein Abbild von Organen, im Aufbau übertragbar auf Polizei- und Finanzebenen, eben die Gruppe der Berufsbeamten.

Einen Teil dieses Systems den ich in West Germania kennen lernen durfte, so ab 1980, wird von mir leicht skizziert. Ein fast vergessender Rückblick, wie es einmal war.

Geradlinig strukturiert von der oberen Ebene des Bundesministerium für das Post- und Fernmeldewesen, mittlere Ebene mit den Oberpostdirektionen (Landespostdirektion Berlin) bis zu den einfachen Ebenen der Fernmeldeämter wurden alle Einnahmen von den Fernsprechteilnehmern und Fernspracheinrichtungen in die Staatshaushaltskasse abgeführt. Alles was verdient wurde (zu diesem Zeitpunkt sprechen wir von 23 Pfennig pro Einheit bei einem häuslichen Fernsprechanschluß) konnte von Bürger eingesehen und nach voll zogen werden, geregelt im Tarifvertrag für Arbeiter, Bundesangestelltentarifvertrag, in Bundesbesoldungstabellen fein säuberlich gestaffelt in Laufbahngruppen A, B, C, D für Beamte. Wir sehen hier ganz klar, es wird zum Wohle der Allgemeinheit gearbeitet und bezahlt.

Den kleinen Unterschied zwischen selbst erhaltend verdient, erwirtschaftet und von Steuern bezahlt erspare ich mir hier mit der Aussage: *„ Nein wir werden und wurden nicht von Steuergeldern bezahlt "*, sondern aus dem Sondervermögen des Bundes, – für interessierte Leser empfehle ich einen Blick in Art.143b GG – Umwandlung des Sondervermögens Deutsche Bundespost –

Mit dieser fest eingefahren Form der Verteilung von finanziellen Mitteln läßt sich kein Geld verdienen. Bis eines Tages in Bonn, nach unzähligen Sitzungen der entscheidende Entschluß zur Privatisierung gefällt wurde. Ein Anfang vom Ende? wer weiß. Es mußten Gesetze, Orte und Beschäftigte bewegt werden. Ein langer Weg, bis es zu den durchgebrachten Postreformen (nicht zu vergessen im gleichen Zusammenhang die Umstrukturierung bei der Deutschen Bundesbahn) kam und es eine Auflockerung des lähmenden Behördenkonstrukt gab.

Nach der Auflösung der alten Behörden – 1985 bis 1994 – und Einarbeitung (was passierte am 09.11.1989 in Germania ?) von 5 neuen Bundesändern wurden die Aktiengesellschaften, Deutsche Post, Deutsche Telekom und Deutsche Postbank ins Leben gerufen, die Geburtsstunde der Postnachfolgeunternehmen. Der alte Behördenapparat wurde geschlossen und es entstanden Niederlassungen an vielen Standorten in Bundesgermania. Aus Beschäftigten wurden Mitarbeiter. Im Jahre 1995 hatte der rosa Riese als alleiniger Aktionär nur den Bund gehabt. Ab dem 16. Mai 1995 konnte sich dann, mittels einer Volksaktie an der Börse Jedermann von uns kaufen. Die Aktiengesellschaft machte Profit, nicht der Mitarbeiter des Unternehmens, da er am Gewinn nicht beteiligt war. Die höheren Dienstbesoldungen verschwanden allmählich, hier wurden außer tarifliche Verdienststufen entwickelt. Arbeiter und Angestellte wurden zusammen gelegt und bekamen jetzt einen Tarifvertrag. Die einfache Besoldungsstufe gab es nicht mehr, es blieben die B (mittlerer Dienst) und C (gehobener Dienst) Besoldungsstufen übrig. Adieu Bundespostministerium und Oberposttrala, ich bin nun in einer Serviceniederlassung beschäftigt und wir sind flächendeckend in ganz Germania zu finden. Es wurden keine Beamten mehr eingestellt. Wozu auch, wir haben genug alte Relikte im Unternehmen herum laufen.

Es herrschte Goldgräberstimmung ala „Eine germanische Karriere" von Lee Iacocca in der neuen Townhall City.

Das nur in einer Aktiengesellschaft verdient werden konnte, konnte ja nicht lange gut gehen. Mit einem: „*Wir müssen die Mitarbeiter ins Boot holen*" gab der Konzernvorstand den Tarifangestellten was vom Kuchen ab. – Halt nicht so schnell – erst mußten intern die vielen kleinen Standorte in Germania zusammen gelegt werden. Dies geschah ohne viel Tamtam ab dem Jahre 1996 bis 1997. Alle Beschäftigten konnten oder wollten diesem Schritt nicht mit machen. Hier merkte der 'Rosa Riese Konzern', daß so eine zähe Personalmasse nur mit der Peitsche und sozial verträglichen Abbaumaßnahmen zu bewegen ist. Von 2002- 2005 wurde hierfür die neu geschaffene Personal Agentur / Vivento aus dem Boden gestampft. Ein Arbeitsplatz vernichtendes Arbeitgeber Instrument war geschaffen. Umbau und Zentralisierung der Mitarbeiter, Verteilung auf andere Ämter waren die Folge. Ein Teil der Mitarbeiter konnte seinem Unternehmen nicht mehr folgen und umziehen, sie nahmen eine Abfindung und gingen. Als Zuckerbrot für die übrig geblieben wurde die 34 Stunden Arbeitswoche (bei gleichzeitigem Wegfall der Sonderzahlungen, besser bekannt als Urlaubs- und Weihnachtsgeld) und die variablen Verdienstmöglichkeiten eingeführt. In den nächsten darauf folgenden Tarifverhandlungen und nicht frei wählbar, wurde erst mal das Gehalt künstlich gedrückt, mit dem Versprechen, daß der eingebüßte Lohn von einer „15 prozentige Variablen" am Jahresende mit Gewinn mehr als nur 100 Prozent vom ursprünglichen Gehalt liegen würde. Solange die Zielerreichungen erfüllt werden, könnten alle Mitarbeiter gute Euros verdienen und in Ihrem Rucksack nach Hause tragen. Zwei Gruppen von Beamten wurde aus dem Boden gestampft, der eingefleischte Beamter, der bis heute noch nach Besoldungstabellen bezahlt wird und der andere passive Beamte der seinen aktiven Beamtenstatus ruhen lässt und einen Angestelltenvertrag unterzeichnet, letzteres Individuum freut sich seitdem am Ende jeder Jahresperiode auf seine Zielerreichung, sprich mehr Geld im Portmonee. Nun konnte sich der neu gewonnene angestellte Konzerndiener ungebunden fühlen, war er doch wieder ein freier Mitarbeiter. Diese vom Konzern erzeugte Stimmungsdelta unter passiven und aktiven Beamten verfehlte nicht Ihre Wirkung, da die treuen alten aktiven Staatsdiener weiterhin vom Staate nur alimentiert wurden. Zur besseren Mitarbeiterauslastung wurde ganz leise die 38 Stunden Arbeitswoche wieder eingeführt. Natürlich ohne Implementierung der alten Sonderzahlungen von früher, – näheres hierzu im Postpersonalrechtsgesetz und in der Telekom – Sonderzahlungsverordnung – mit Blick auf das Jahr 2010 wurden jetzt vom Magenta schimmernden Unternehmen Kunden-, Service-, Technik GmbH gegründet. Nun wurden die Mitarbeiter wieder in die Fläche geschickt. Seitdem sind wir innovativ Germania weit an 200 Standorten für den Kunden da. Wie lange noch?

Wie wird es 2015 weitergehen mit den letzten aktiven Bundesbeamten im mittleren Dienst in der Welt wo nur noch Gewinn und Profit zählt ? ich bin mir sicher, daß Umbau- und Organisationsmaßnahmen mich auch dieses Jahr verfolgen werden. Getreu dem Zitat: *„Nicht ist so beständig wie der Wandel"*- Heraklit von Ephesus, sehe ich mich als modernen Nomaden, der fern einer Logik unbeirrt jeden Tag seinen aktiven Beamtenstatus zur Arbeit trägt und seinen imaginären Dienstherrn zeigt: *„He schau mal, ich bin da, wer noch ?"*

Bundesbeamte sind in der heutigen Arbeitswelt schlechter dran als Putzfrauen und Prostituierte oder ?

Was haben diese drei Berufe auf dem ersten Blick gemeinsam ? Schauen wir doch mal hinter die Fassade und finden es heraus. Gleich zum Anfang meiner Geschichte darf nicht der Fehler gemacht werden, daß im allgemeinen diese Frage als *„Stöhnen auf oberste Ebene"* abgetan wird, nur weil es bequemer ist mit Vorurteilen zu kokettieren und damit alles ab zu tun, was nicht gerade in unser Gedankenmodell, in unsere Arbeitswelt paßt. Putzfrauen und Prostituierte dürfen ablehnen, ein Beamter darf zur einer Aufgabe nicht nein sagen…….. Es war einmal……….

ein System in dem die Sauberkeit wichtig war, wer kennt es nicht, durch mangelnde Hygiene in Ämtern, Krankenhäusern und öffentlichen Toiletten können sehr schnell Krankheiten ausbrechen. Damit hier eine minimale Sicherheitsgarantie gegeben war, brauchten wir Reinigungspersonal in allen Bereichen und Orten, nicht zu vergessen die vielen Reinigungsaborte bei Autobahnparkplätzen. Früher übernahm diese Aufgabe der einfache Dienst in Kommune, Land und der Stadt. Ausgestattet mit Schlüsseln kamen Reinigungskräfte überall hin, ganz klar diese Arbeitsgruppe war der Dienstverschwiegenheit verpflichtet. Fast unsichtbar versahen sie Ihre Arbeit in den Räumen und räumten somit Jahr für Jahr den größten Mist weg.

Bei Prostituierten sieht es nicht anders aus. Sauberkeit und Verschwiegenheit gehören zu Ihrem ausgeübten Beruf dazu. Viele leben unerkannt in der Anonymität mitten unter uns. Ihre besonderen Fähigkeiten werden nicht nur von den vielen wirtschaftlichen

Unternehmen geschätzt, sie können sich meistens Ihrer Freier selbst aussuchen, sind ungebunden in Ihrem Arbeitsverhältnis.

Wie passen denn nun die Bundesbeamten hier hin. Ganz einfach in Krisenzeiten wurden und werden von den jeweiligen Regierungen Bordelle eingerichtet. Es ist und war ganz legal, ohne Ächtung und als völlig normal in der Bevölkerung angesehen. Selbst in der Politik wurden freizügige Beamte bei Buch- und Automessen eingesetzt. Natürlich ganz sauber mit dem Vorwand der Informationsbeschaffung und zum Wohle des Staates. Der Beamte muß seiner Pflicht nach kommen und wird hierfür alimentiert. Diese Zeit wird es nicht mehr so schnell geben, hoffe ich, da der kalte Krieg lange schon vorbei ist. Kommen wir zur Gegenwart.

Ein Schelm, der hier einen Vergleich wagt. Also decken wir den Mantel der Liebe darüber, hüllen uns in Schweigen und ignorieren die Tatsache, daß wir immer nur von guten Putzfrauen hören, den Escort Service in Zusammenhang mit Big Ben für was geschäftliches halten und Madame de Pompadour nur kommunikativ für Ihren König unterwegs war. Kommen wir und drehen an diesem Punkt alles um, da es nicht mehr produktiv und Gewinn bringend ist, solche uneffektiven veralteten Arbeitsabläufe zu tolerieren. Wir privatisieren und schaffen die öffentlichen Reinigungskräfte ab, die Liebesdamen- und Herren werden sich selbst überlassen……und was machen wir mit den Beamten ?

Welcher Vordenker in Wirtschaft, Politik oder Lobby hat sich ausgedacht diese treuen Staatsdiener ganz zu privatisieren, aber es ist so gekommen. Aus puren Finanzdenken wurden alle Reinigungskräfte bei den Behörden abgeschafft. Nun können schlechter bezahlte Putzfrauen und Putzmänner in ehemals staatlichen Organen sauber machen, es lebe der billige Subunternehmer. Eine überprüfbare Sauberkeit an den Arbeitsstätten wird meistens mit einem Din A4 Bogen bescheinigt. Mit einem minutiösen Plan fahren die guten Geister von einer Stelle zu anderen und sind froh, wenn hier der Mindestlohn bezahlt wird. Zur Beruhigung des Bürgers sage ich hierzu: *„Keine Angst, ist alles gesetzlich geregelt, es ist alles in Ordnung, wir haben Arbeitsplätze geschaffen, freuen wir uns fortan mit den zukünftigen Minilohnempfänger"*, wenn ich mich nicht irre. Seit diesem Zeitpunkt liegt es nicht an der einzelnen Putzkraft, wenn die gemeinschaftlichen und öffentlichen Toiletten ab und zu mal geputzt werden.

Meine verehrten Liebesdiener auf Zeit haben mit der Privatisierung keine Probleme, in unserer momentanen Arbeitswelt können sie freier agieren. Wenn es auch immer schwerer fällt zahlungswilliges Publikum zu finden. Diese weitaus unbekannte Schicksalsgemeinschaft ist sehr anpassungsfähig, wenn auch nicht überall anerkannt, nun heutzutage teilweise selbstständig und gewerkschaftlich organisiert.

Meine Bundesbeamten tun sich mit dem Wechsel in eine private Arbeitswelt deutlich schwerer. Sie werden behutsam durch Gesetzesänderungen (am Beispiel Neuregelung des Postpersonalrechtsgesetzes) darauf aufmerksam gemacht, daß sie bundesweit einsetzbar sind. Da Papier geduldig ist, werden Standortoptimierungen von den heutigen ehemaligen Behörden beschlossen. Was eine Putzfrau und eine Prostituierte dürfen, darf ein Beamter noch lange nicht, ich meine, der Beamte darf sich nicht freiwillig auf eine unterbezahlte Stelle bewerben.

Es darf sich auch nicht seinen Freier, Entschuldigung, seinen neuen Dienstherrn / Aktiengesellschaft oder GmbH selber aussuchen. In alter Dienst Hierarchie ist der Beamte in diesem kleinen Kosmos gefangen, muß nach Erlaubnis fragen, bevor er sich auf eine andere Dienststelle bewerben darf und das bei seinem alten Dienstherrn. Wie war das noch mal mit freier Entscheidung in der Berufsauswahl ? Wenn er die Erlaubnis bekommt, kann der Beamte wechseln. Wenn nicht, nimmt unser treuer Diener freiwillig längere Weg- und Fahrzeiten, dadurch bedingt netto weniger Besoldung in Kauf, nur um zu dienen. Wenn er bereit ist und in die private Arbeitswelt wechselt, rechnet er auch mit späteren Verlusten in der Pension, da er nicht in die allgemeine Rentenkasse eingezahlt hat, muß er nach zahlen. Als Beispiel, wer 1963 geboren ist, sich für den Staatsdienst entschieden hat, würde sich beim freiwilligen Wechsel und ohne materielle Unterstützung als Einzahler (die Rentenbeiträge selber nach zahlend) eine Summe in von ungefähr 1.400€ erarbeiten, im Gegensatz zur seiner Beamtenpension, in der ein Betrag von 1.800 € zu erwarten wäre. Das heißt wenn bis 65 Jahre gearbeitet wird. Vorausgesetzt es bleibt so wie es ist, denn was sich alles bis 2027 in Sachen Rente und Pension ändern kann, das steht in den Sternen.

Natürlich ist bei eigener Recherche alles individuell überprüfbar. Wer beim nächsten Mal eine dieser arbeitenden Berufsgruppen wie eine Putzfrau sieht, sollte sich fragen, ob sie diese Arbeit freiwillig macht? Warum die „Schönen der Nacht" nicht allgemein respektierte Menschen in der Gesellschaft sind und warum Beamte so einen schlechten 'Ruf' haben...

Urlaub ist die schönste Zeit im Jahr, mit wenig Geld in der Tasche die Region erobern...

Die schönste Zeit im Jahr ist für alle Arbeitnehmer der Urlaub. Im Kreise seiner lieben Freunde und Familie schöne Tage verleben, einfach mal ab schalten und die Batterien auftanken. Nur wer kann sich Urlaub noch leisten ? Im Land der Denker und Dichter arbeiten immer mehr mühsam daran, ihren tagtäglichen Unterhalt zu verdienen, da bleibt für Freizeit und Ferien nichts mehr übrig. Mieten, Strom, Versicherungen, nicht zu vergessen das Fahrgeld um seine Arbeitsstelle zu erreichen, fressen fast das gesamte Einkommen auf. Mit einem diabolischen Lächeln habe ich mich im Jahr 2015 wieder von meinen Urlaubsplänen verabschiedet. Viele werden wie ich zu Hause bleiben und sich die kleinen Freuden auf Balkonien leisten. Voraus gesetzt es steht eine gemütliche Ecke im Außenbereich zu Verfügung. Wer dieses selbe Schicksal mit mir teilt, sollte nicht verzweifeln, also…….. Es war einmal……..

wieder soweit, Urlaubszeit, 14 Tage endlich frei und wieder kein Geld übrig um in den Urlaub zu fahren und was nun ? Na als erstes mal ausruhen und entspannen, ein bisschen aufräumen, auf den Wochenmarkt gehen, mich hetzt ja keiner. So gesagt wurde es gemacht, am Abend schmeckten mir meine frisch mitgebrachten Radieschen und mein Bauernfrühstück vorzüglich. Wie schnell doch so ein Urlaubstag vergeht, was plane ich denn für morgen?

Nachdem aufstehen kam mir ein Gedanke, warum entdecke ich nicht die Welt, lebe ich denn nur um zu arbeiten, nein, ich arbeite um zu Leben. Mit dem Fahrrad auf Wanderschaft, die Welt am Niederrhein entdecken, schnell einen kleinen Picknick Korb packen und los geht es. Ich hatte schon lange nicht mehr nach meinem Rad geschaut. Mit dem schnell weg laufen hatte es sich bei der Ansicht auf mein fahrbaren Untersatz erst mal erledigt. Beide Reifen waren platt, was nützt die beste Luftpumpe, wenn keiner der Pneus die aufgepumpte Luft bei sich behalten wollte. Das macht überhaupt nichts, das bekomme ich hin, nach dem Mittag werde ich es reparieren, wäre doch gelacht, wenn ich das nicht hin bekäme. Nachdem Mittagessen legte ich mich zur Stärkung der vorliegenden Aufgabe auf meine Hängematte und döste ein. Gerade noch rechtzeitig zur Abendbrotzeit wachte ich auf, eilte schnurstracks zu meinem Fahrrad und stellte überrascht fest, daß ich mehr Zeit benötigte als mir lieb war um alles wieder in Ordnung zu bringen. In den frühen Abendstunden lohnt es sich nicht mehr auf Tour zu gehen, dachte ich so bei mir, ach was soll es, wir haben erst den zweiten Urlaubstag und noch viel Zeit, was gibt es den in der Glotze ? Ein paar Marmelade Stullen und Morgen könnte ich voller Tatendrang los legen. Mit einem guten Gefühl legte ich mich hin und schlummerte ein.

Irgendwie kommt Dank der anfangenden Juli Hitze mein Kreislauf am frühen morgen nicht in Schwung und heute am dritten Tag steht eine Runde mit dem Rad auf meinen Plan. Mit Wasser und Kaffee geht es nun Richtung…. ja wo will ich denn überhaupt hin ? Erst mal runter zum Fluß, ich sehne mich nach einer frischen Brise. Das werden ungefähr 5 Kilometer mit dem Drahtesel sein. Das schaffe ich locker und gegen 10 Uhr werde ich eine Bank erobern, mit Blick auf Vater Rhein. Mühsam quäle ich mich die Anhöhen der einzelnen Brücken an der Bundesstraße hoch. Der kürzeste Weg ist nicht immer schön und bei dem warmen Wetter ist es quälend zu trampeln, aber was mache ich nicht alles um schnell mal an den Rhein zu kommen.

Endlich geschafft Wasser, Schiffe, frischer Wind, meine Parkbank ist frei und nun ist genießen angesagt. So nach eine viertel Stunde wurde es mir langweilig, also fuhr ich weiter am Flußufer entlang, vorbei an der Badeanstalt, *„Warum habe ich keine Badehose dabei"*, ich könnte so schön im im Wasser liegen. Warum nicht ins Bad gehen ? Was ich mir vornehme, mache ich auch. Die ganze Strecke bin ich wieder zurück geradelt, mit festen Blick nach vorne strampelte ich die letzte Brücke hoch. Mit schweren Tritt auf den Pedalen schaffte ich es nicht mehr im leichten Gang radelnd die Brückenspitze zu erklimmen, ich mußte geschwächt absteigen. Mein Elan war aufgebracht, ich stellte mein Rad am Brückengeländer ab, mit letzter Kraft, einen Griff in meinen Korb, trank ich gierig, brauchte alle meine Vorräten für unterwegs auf. So gestärkt mit neuen Schwung wurde die steilste Brücke am Niederrhein herunter gerollt. Als ich zu Hause ankam, war ich fertig mit der Welt. *„Bei der Affenhitze fahre ich heute nicht mehr ins Bad"*, dachte ich mir. Nun wußte ich was die Weltentdecker der Kontinente und Kolonien damals spürten, zufrieden fiel ich auf meine Hängematte und war bis zum Abend dösend damit beschäftigt meine ganzen Tageserlebnisse zu verarbeiten. Warum in die Ferne schweifen, zu Hause ist es gemütlich und außerdem habe ich Zeit, morgen wird alles klappen und das Freibad wird mir gehören. Nach dem Abendbrot drückte ich mit wieder kehrenden Kräften lustvoll an der Fernbedienung meines Fernsehers herum, durch Zufall bekam ich mit, daß alle Freibäder gerammelt voll waren in NRW. *„Wer fährt denn auch zum Freibad bei dieser Hitze"* es ist viel zu heiß da draußen…

Der frühe Vogel fängt den Wurm, am vierten Tag wachte ich in meiner Koje auf, im Geiste voller Tatendrang steckend, horchte ich in meinen Astralkörper hinein, er signalisierte mir, daß mein verlängertes Rückgrat, meine Beine eine Pause brauchten. Mit so einem Muskelkater ist nicht zu spaßen, unweigerlich wird einem klar gemacht, daß die gute alten Zeiten vorbei sind. Ja früher konnte ich, da hätten mir 15 Kilometer Fahrrad fahren nichts ausgemacht. Ein Glück, das mein Ego nicht so sehr darunter gelitten hat. Nachdem ich mich ordentlich ausgeruht hatte und die Wohnung nun blitze blank geputzt war, schmiedete ich einen neuen Plan, die letzte Woche meines Urlaubs sollte die schönste werden. Ich teilte mir kleine Abschnitte in meinem Tagesablauf ein. Heute Wochenmarkt, morgen Freibad, kleiner Tipp morgens ist es nicht so überfüllt, das gleiche gilt auch für den Auesee u.s.w. Warum nicht mal eine Runde Minigolf spielen ? So ein Muskelkater schmeißt mich nicht zurück, für kleine Unternehmungen bin ich nun fit genug, schließlich gibt es ja noch Bus und Bahn. Wer früh fährt, dem gehört die Welt. So wurde von mir alles erobert was ich wollte, Bocholt, Rhede, Moers, Rheinberg. Zur meiner Freude, entdeckte ich auf einer meiner kleinen Stippvisiten ein kleines Übersetzboot in Orsoy Richtung Duisburg, so was ist ganz nach meinem Geschmack, mit einem fetten grinsen überquerte ich den Rhein. Es gibt viele Plätze, die für wenig Geld machbar sind und wenn ich keine Lust habe, döse ich einfach zur Mittagszeit auf meiner Hängematte und halte Siesta, stört ja keinen, im Urlaub habe ich Zeit, mich treibt niemand.

14 Tage sind schnell vorbei gegangen, wenn ich wieder ein freies Wochenende habe, fahre ich wieder über den Deich oder zum Wochenmarkt. Sehnsucht und Fernweh bleiben ein Leben lang tief in mir drin, wenn das Geld nicht reicht, mache ich eben Urlaub zu Hause, mit meinen Plan B in der Tasche und genügend Wasser und Kaffee im Korb...wird es bestimmt wieder schön.

Cher Lock's Enkel mag auch heute keine Schuluniformen...

Wer Glück hat kommt in die Schule, entdeckt seine Individualität und lebt sich aus. Wer Pech hat kommt in die Penne, wird in alte Denkformen gepresst und hat ein Leben lang das nach sehen. Cher Lock hatte immer ein Gespür was gerade in Mode angesagt war. Ob praktisch oder chic, ganz egal, Hauptsache nicht zu kalt oder warm angezogen. So war sie als Jugendlicher in den 60′ zigern zur Schule gegangen und groß geworden. Es wurde getragen was gefällt oder was man / sie hatte. Was hätte Cher in dieser Zeit rebelliert gegen Schule, Staat und Spießer. Also, es war einmal…

eine Zeit, da wurde in den Schulen noch gelernt. Alte Lehrer hatten damit zu kämpfen, ob noch Ohrfeigen im Unterricht verteilt werden durften oder nicht. Es herrschte Ordnung in den Klassenzimmern bis in die Mitte der 60′ ziger Jahre. Auf einmal wurde im ganzen Land rebelliert...

– hier muß ich einschieben, daß ich nur einen kleinen Einblick in die Hamburger / Schleswig Holstein / Niedersachsen Schulen habe oder hatte, es soll aber im weiteren Verlauf meiner Geschichte nicht störend sein oder ? –

Was langsam mit der Musik der Beatles und Rolling Stones in die Klassenzimmer Einzug hielt, vom Kleidungsstil und der Haarpracht, fand mit der Verbrennung der Büstenhalter seinen Höhepunkt und brachte eine ganze Generation von heutigen alten Lehrern und Direktoren in Wallung. Wer 1968 gerade sein Studium aufgenommen hatte, identifizierte sich über seine Klamotten, seiner Musik mit der Außenwelt. Ein *„Make Love not War"* war Lebensgefühl. Auch haben viele noch die Studentenrevolten in der Bundesrepublik Deutschland mit erlebt. Wer heute von den Verantwortlichen in den Kultusministerien seinen Moralapostelhut aufsteckt, hat viel vergessen und geht hier zu weit in seiner Bevormundung gegenüber den heranwachsenden Schülern, die selbst entscheiden müssen was sie anziehen oder tragen wollen.

In den 70'zigern habe ich Ringelpullover und falsche Kunstnappalederhosen getragen, in der Musik wurden auf dem Schulhof keine Kompromisse gemacht, entweder ABBA, Sweet oder Slade, wir hatten klare Vorstellungen. Wir haben getragen, was in *„Bravo und Melodymaker Kult war"*. Ich sage nur: *„Bananenbadehosen und Bonanza Räder, Hot Pants und Dreiecks T-Shirt waren Pflicht"* Unsere Referendare, wartend auf Ihre feste Anstellung als Lehrer, hatten keine Probleme den Unterricht frei zu gestalten und uns im Sommer auf der Wiese den Lernstoff bei Eis und Bikini zu vermitteln. Wir hätten eine feste englische Kleiderordnung gar nicht durch gehalten.

So sind wir (ich) auch in die 80' ziger gerutscht. *„Nie wieder Schule",* war das neue Motto für die jungen Berufsanfänger, die die in Ihrer angestrebten Stellung 12 Schuljahre brauchten und nur einfache oder mittlere Reife vorlegten, hatten Pech, denn sie kamen in die Berufsschule und mußten die fehlenden Jahre absitzen, konnten Ihre Pausen gemeinsam zwischen Grund, Haupt- und Realschülern verbringen. Wir waren Popper oder Punker „no future" war angesagt. Wir hätten eine gewünschte Kleiderordnung verbrannt oder geraucht und fertig wäre das Thema gewesen. Ich erinnere mich an Schüler- und Studentendemonstrationen die für den Stadtteil Hamburg – Rotherbaum angesagt waren und auf dem Kiez in St. Pauli mit Pali-Tüchern endeten.

Ob für den Frieden gegen Helmut Schmidt oder Franz-Josef Strauß, Hauptsache die Hafenstraße lebt... Wir haben uns nichts gefallen lassen.

Die 90' ziger waren richtig zahm, unsere alt 68'ziger haben Ihre Kinder ohne große Revolten in die Schule bekommen, die Einführung von schönen und guten Privatschulen war ein Thema, das für viele mit einer einheitlichen Ordnung, mehr einer gefühlten Anpassung zu tun hatte. An dieser Stelle einen schönen Gruß an alle Waldorfschüler, auch hier wurde eine strickte Kleiderordnung ausgeschlossen, da es nicht genug Persönlichkeit und Entwicklung für den einzelnen Schüler geben würde, wenn alle in ein Kleid gepresst würden. Eine Generation der Weicheier wurde gestylt und von Eltern gezeugt, die heute mit Ihren Vorstellungen keine klare Meinung definieren können. Liegt vielleicht auch an der Musik die mit Techno und Loveparade allgegenwärtig präsent war.

Nun sind wir im neuen Jahrtausend angekommen. Was im Norden als Klamotten in Schulen gebilligt und getragen wird, findet in der Mitte von Deutschland Beachtung, wird im Osten des Landes als Thema nicht war genommen, außer eine Gruppe von Schülern bringt Springerstiefel mit, wird selbst verantwortend und auf sachte Weise in Bayern an die Eltern abgeschoben unter den Tisch gekehrt, sehen wir mal von Kreuzen und Kopftüchern ab. Hier haben die Schüler für mich keine Entfaltungsmöglichkeiten mehr. Immer bedacht auf politisch korrekt und ja keinen verletzend, in seinem Glauben, steuern wir mit Vollkraft auf einen gleichförmigen Schüler in Deutschland zu. Wer heute Angst als Heranwachsender Individuum hat, in der Schule mit Hilfe von Musik und Klamotten zu experimentieren, sich auszuleben, hat es im späteren Leben schwer damit mit anderen Mitmenschen klar zu kommen, das er / sie seit der Schule „*in oder out*" sind oder waren. Ich hoffe, wir werden es nicht mehr erleben, das in der Bundesrepublik Deutschland eine Kleiderordnung an Schulen praktiziert wird.

So wie ich auf die Individualität eines jeden Schülers zähle. Cher Lock's Enkel sagt nein zu Uniformen, zur orwellschen Gesellschaft und der gewollt gleichen Lebensweise, trägt was Ihr / Ihm gefällt, braucht keine einheitliche Kleiderordnung an Schulen.

Cher, ich und die verschwundenen MINI Lenkräder an der Bundesstraße 3

Als Fan von Groschenromanen habe ich reihenweise Jerry Cotton verschlungen. Auf dem Wochenmarkt in Finkenwerder holte ich mir samstags immer neuen Lesestoff. Beim Zeitschriftenhändler trafen sich alle Leseratten, hier war die größte Auswahl von Krimis und Western und Liebeslektüren zu finden. Meist lag der Schund einfach unübersichtlich geordnet, in Kästen in der Auslage herum, jeder Standbesucher suchte, wühlte sich durch dicke Stapel. Es dauerte immer eine Zeit bis ich zwischen Lassiter *„...letzter tödlicher Trial"* über die Erika Ergüsse *„...tiefer Blick im Wartezimmer"* und Isola Bella Schinken *„...Blockhaus in den Bergen"* endlich meine Kojak's *„...Tod in Manhatten"* Krimi Sammlungen fand. Der Besuch endete immer beim Kakao und heißen Würstchen Stand, danach wurde die Lesebeute nach Hause gebracht, fein säuberlich unter dem Bett platziert, dabei wurde schon in die ersten Hefte gespickt. Ich erblickte ein Heft ohne...oh wir sind in einer neuen Kurzgeschichte... also es war einmal...

ein Samstag, endlich hatte ich frei, fast ausgeschlafen, wollte ich heute früh auf dem Wochenmarkt gehen und meine alten Romane gegen neue Krimis eintauschen. Ein kurzer Halt beim Bäcker, weiter mit einer Tüte herrlich duftender Rundstücke, schnell noch vorbei am Haus von meinem Freund Hans. Hoffentlich war die alte Pennmütze schon wach. Ich wurde eines besseren belehrt, natürlich schlummerte er noch tief und fest. Darum versuchte ich mich durch leichte Steinchen werfend, klopfend am oberen Fenster des Hauses bemerkbar zu machen.

Nichts geschah, die Gardinen im oberen Stock bewegten sich nicht, in diesem Moment öffnete sich die Haustür und Hans Vater ließ mich herein. Ein peinlicher Moment, alles was ich wollte war Hans wecken, ohne den Vater zu stören, der gerade von der Nachtschicht kam. „*Wi hebt ogg een Klingelknopp*" sagte der müde wirkende Mann, „*Komm in di Küch, mog wi een Tass Kaff för de Rundstücke, oda hebt do nix för mi dabie? sät di mol dale open Stohl*", ich folgte ihm. „*Jo, heb ick mitbrocht för…*" weiter kam ich nicht, denn vom Kaffeegeruch angelockt schlurfte Hans in die Küche herein, mit einem lächeln und einem Franzbrötchen in der Hand schleppte sich Hans Vater Richtung Schlafzimmer. Wir machten uns auf den Weg, auf dem Markt trafen wir unsere anderen Freunde. Hans und ich verabreden uns später mit den Piti (eigentlich Petra) und Manuela (Manu) zum gemeinsamen Besuch im Finkenwerder Freibad. Nun machte ich mich mit einem ganzen Stapel von Kojak Krimis auf dem Heimweg.

Ich verstaute meine kleinen Schätze unter meinem Bett, plötzlich hielt ich ein Heft ohne Umschlag in meinen Händen. „*Wat is'n datt ?*" neugierig las ich den Titel. „*Marion Pitsch, Fundstücke am Ricklinger Teich*". Verwundert fragte ich mich: „*Wo ist denn nun der Ricklinger Teich ?*". Mein Interesse war geweckt, ich konnte dieses Werk nicht mehr fort legen, eifrig lesend erfuhr ich von einer Seenplatte bei Hannover an der Bundesstraße 3, die die Verfasserin beruflich öfter als leitende Beamtin für das städtische Bauordnungsamt Hannover besuchte, um das Areal für das neue… es fehlten ein paar Seiten, es war eine gut geschriebene Sachgeschichte. „*Mal was anderes*", dachte ich. Ich packte das Heft in meine Tasche. Gerade noch rechtzeitig schaffte ich es zum vereinbarten Zeitpunkt mit meinen Freunden im Freibad zu sein.

Nachdem ich ein paar Runden geschwommen hatte, legte ich mich auf meine Decke und holte das Ricklinger Teichheft wieder hervor, es fehlten wie gesagt ein paar Seiten, als ich wieder ein paar Passagen lesen konnte, erfuhr ich von den ausgebaggerten Kies Seen an der alten B3, in denen eine Menge Zeug im Laufe der Jahre gefunden wurde, zur Vorbereitung eines neuen Strandbades…"*So ein Mist*", wieder fehlte ein Stück, in der Mitte des Heftes ging es weiter. Es folgten ein paar Angaben über Aufforstung der Grünanlagen, bis an die Stelle, mit einem tragischen Fund, bei dem eine junge Frau in ihrem Mini Cooper nur noch tot im nahe liegenden Srandbadsee geborgen werden konnte. Bei der Bergung fehlte das Lenkrad des Autos. *„Ah, nun wird es spannend"*, eifrig blätterte ich weiter, schade das nicht alle Seiten vorhanden waren, erfuhr ich auf den letzten Absätzen, wie viel Arbeit dahinter steckte um mit Hilfe von Beton und Bohlen eine Wegsicherung um den Ricklinger Teich zu gestalten und ausreichend gegen Verschlickung zu sichern. Resümierend über den trocken Schreibstil, daß die Auflistung von gefunden Gegenständen für mich hätte mehr mehr sein können, legte ich das fertig gelesene Heft wieder in meine Tasche zurück. Mittlerweile waren unsere seuten Deerns eingetroffen, die nach Aufmerksamkeit verlangten, ich verkrümmelte mich mit Piti, Hans und Manu zum Sprungbrettbereich der Freibadeanstalt, von hier aus hatten wir einen herrlichen Blick auf die Elbe, erzählend vom Ricklinger Teich, machte ich dabei den Vorschlag mal zu einem Baggersee zu fahren, vielleicht finden wir auch mal was, scherzte ich in die Runde, so endete ein herrlicher Sommertag.

Jahre später, mehr durch Zufall, hörte ich von einer Frauenleiche in der Nähe von Schneverdingen, die junge Frau ertrank in der Veerse. Es handelte sich um ein tragisches Unglück, sie verstarb in ihrem R50 Cabrio, merkwürdig an dieser Unfallnachricht war, daß das Lenkrad verschwunden war, ein Umstand den sich die Polizei nicht erklären konnte. *„Moment, da war doch was"*. Konnte ich zur Lösung des Unfalls beitragen und weiter helfen ? Die Sache ließ mir keine Ruhe, es dauerte etwas bis mir wieder Marion Pitsch einfiel. Ich schwang mich ans Telefon und rief meine alten Freunde an, vielleicht konnte sich einer noch an unseren Besuch in Hemmingen erinnern, wo wir fast alle Seen durch schwammen und abtauchten, auf der Suche nach Schätzen oder einem Lenkrad. Die Telefonate führten zu keiner neuen Erkenntnis, bis auf eine Einladung zum Kaffee trinken bei Manu, die ich dankend an nahm, konnte ich nichts informelles raus bekommen.

Was stand noch in Marion Pitsch's Sachheft drin?, einem inneren Verlangen in mir folgend, wollte ich mehr über die B3 erfahren. Wo konnte ich fündig werden, in der Finkenwerder Bücherhalle erklärte mir meine Freundin Cher Lock, daß ich eine Nadel im Heuhaufen suchen würde. Ich beschäftigte mich tagelang mit Unfallstatistiken, Verkehrstoten und fand nichts brauchbares. Mit Cher's Hilfe und Ihrer Idee, in den örtlichen Zeitungen entlang der B3 zu blättern, war eine Spur die ins leere führte, ungewöhnliches war nicht zu entdecken, Ergebnis gleich Null. Also verwarf ich alle meine Gedanken und begrub meinen Detektiv Instinkt.

Es vergingen wieder Jahre, bis mich Cher anrief und mir von einem Mini Carbrio erzählte, den man bei Uferarbeiten am Oevelgönner Mühlenteich raus geholt hatte. Es stimmten alle Details, tote Frau, fehlendes Lenkrad, Polizei stand vor einem Rätsel. Ich konnte mich gar nicht beruhigen, nachdem ich das Gespräch beendete hatte, versuchte ich mich noch mal an alles zu erinnern, was Cher und ich damals recherchiert hatten. Mit wenig Erfolg, alle meine Bemühungen verliefen im Sande. Durch meinen bevorstehenden Umzug vergaß ich nach einer Weile diese komischen Ereignisse, den nur so konnte ich mir es erklären, daß die Polizei und Kommissar Zufall noch keinen Erfolg hatten und es keine Spur von meinem Täter gab.

Ein paar Tage später las ich im Finkenwerder Süderelbe Wochenanzeiger folgendes Inserat: *„Haushaltsauflösung, die Erben verschenken gut 100 Mini Cooper Lenkräder an Sammler oder Liebhaber, bei Interesse bitte unter Ciffre 742 melden"*. Meine Hände wurden starr vor Angst. In der darauf folgenden Nacht hatte ich Alpträume, schweißnass wachte ich morgens auf. Nach einem starken Kaffee machte ich mir Gedanken über den unbekannten Mörder, warum war er unauffindbar ? Cher und ich gingen zur Polizei und erzählten alles was wir wußten und in Erfahrung gebracht hatten. Die Überprüfung unseres Verdachtes erbrachte nichts, auch meine heiße Spur mit dem Inserat im Wochenspiegel löste sich in Luft auf. Es handelte sich bei der Anzeige um einem verstorbenen Inhaber Hannen, Besitzer einer kleinen Werkstatt, der mit seiner Vorliebe für englische Autos, Lenkräder sammelte. Der Sohn wollte nicht alles auf den Müll werfen und inserierte deshalb in der Zeitung. So die Erklärung der Polizei, mehr war da nicht, alles nur ein dummer Zufall ? Mein Sinne hatten sich getäuscht, es gab kein Anzeichen für eine Mordserie an der B3. Also Schluß damit, als ich wieder nach Hause kam, brühte ich mir noch eine Kanne starken Kaffee auf, erschöpft stellte ich das Radio an, bei den gespielten Musiksongs kam langsam meine gute Laune wieder. Nebenbei blätterte ich in der Fernsehzeitung, als ich im Radio gerade noch die Nachrichten mit bekam: *„Die Polizei ersucht um Mithilfe in der Bevölkerung, bei einem tragischen Unfalltod, der sich im Naturschutzpark Buxtehude bei der B3 n ereignet hatte. Ein Mini wurde aus dem Wasser…",* ich schaltete den Sendeknopf meines Radio aus, zitternd umklammerten meine beiden Hände die Tasse Kaffee…

Für mich war der Tag gelaufen. Trotzdem versuchte ich mich zu beruhigen. Würde der Täter jemals gefasst werden ? Ich holte mir ein Notizbuch und schrieb alles auf, was mir einfiel. *„Bundesstraße B3, vom Norden bis Freiburg, nicht an der Elbe, wie weit ist es bis Breisgau? Seen, Hemmingen, Buxtehude"* mir gingen so viele Gedanken durch den Kopf, daß ich nicht mehr rational Denken konnte, erschöpft legte ich mich hin…

Cher ließ diese flache Erklärung des Polizeibeamten keine Ruhe. Um abzuschalten unternahm sie einen Spaziergang. Auf alten verschlungen Pfaden auf Finkenwerder, am hinteren Teil des Ortsamtes war Sie zu Hause, vorbei am Freibad, nun im alten Gelände Ihrer Kindheit, sinnierend über nicht mehr vorhandene Straßen, erreichte sie zügig den Deich am Flugzeugbau, zu dieser abendlichen Tageszeit stand der Wind landeinwärts, zügig lief sie auf das Mühlenberger Loch zu. Was hatte sie damals nicht alles recherchiert, nun verliefen alle Spuren im Sande. Bei ihrem langen Spaziergang erreichte sie das Estesperrwerk. *„Was schon so weit",* von der nahe gelegenen Bushaltestelle fuhr sie wieder nach Finkenwerder zurück. Die Fahrt dauerte diesmal etwas länger, da ein Auto mit Panne die lange Zufahrtsstraße versperrte. Die Polizei war gerade damit beschäftigt, den Verkehr im Minutentakt durch die Unfallstelle zu schleusen, nicht gerade einfach, stockend und langsam fuhr Cher am beschädigten Auto vorbei. Ein mulmiges Gefühl stieg in Ihr auf,endlich war sie an an den Finkenwerder Landungsbrücke an gekommen.

– Rückblick Mitte 1968, in einer Informationsveranstaltung zu Erweiterung der B 3 –

„Warum müssen wir Hemminger denn alle weichen ? Ihr könnt Eure Bundesstraße 3 mit der Trassenführung über Westerfeld ziehen, da ist Platz genug" *„Das würde Mehrkosten bedeuten, die dann in die Millionen DM gehen, laß uns doch mal in Ruhe über den Bauplan schauen, betrachten wir dabei auch die Eingriffe in die Natur"* Beruhigend klang das nicht, was der zuständiger Bauamtsleiter von Hannover, von sich gab. Er hatte sich extra für diese Veranstaltung einen neutralen Ort, eine alt eingesessene Gaststätte in Ricklingen ausgesucht, der Saal, mit herrlichen Ausblick auf die Ihme, war bis zum letzten Platz belegt, viele betroffene Anlieger aus Hemmingen, Linden und Umgebung, wollten Informationen haben. Eine schwierige Aufgabe für Ronald Pitsch, der nach einer guten Lösung für alle Beteiligten suchte. *„Ist ja typisch, immer wieder Westerfeld ins Spiel zu bringen, dann kann ich unseren Nutzfahrzeuge Reparaturdienst schließen"*, kam es von Peter Junghans heraus, er war mit seiner ganzen Familie am meisten betroffen von der geplanten Straßenverbreiterung der B3. *„Meinem Bruder Klaus habt Ihr schon so einen Enteignungsbrief geschickt, der kann nun seine Werkstatt schließen und dadurch geht Ihm sehr wahrscheinlich das Geschäft mit British Leyland durch die Lappen. Das ist willkürliche Diktatur, daß wird nicht nur ein heißer Herbst in Berlin, fangt nur an mit graben"*… *„Deswegen sind wir hier um eine Lösung zu finden, MINI Freunde müssen zusammen halten"*,

schaltete sich nun Frau Bettina Lorz ein, sie war stellvertretende Dezernentin der Enteignungsbehörde Hannover. *„Klei mi am Moors"*, wutentbrannt verließ Peter Junghans die Gaststätte…

Bettina Lorz stand auf und verließ ebenfalls den Saal, sie hatte eine Mappe in Ihren Auto vergessen, am Wagen stehend, suchend nach Ihrem Türschlüssel, hörte sie auf einmal ein *„Guten Abend"*, hastig drehte sie sich um, vor lauter Schreck lies sie den Autoschlüssel zu Boden fallen.

Der Wecker riss mich aus tiefen Schlaf, ein paar Momente später würgte ich den elenden Klingelton endlich ab. Schleppend brachte ich meine körperliche Hülle in die Küche. Wieder klingelte es, diesmal an der Haustüre. *„Man was ist denn heute morgen nur los"*, brummelnd öffnend begrüßte ich Hans an der Türe. Er wollte mir beim Umzug helfen, in seinen Händen schleppte er ein Dutzend gefaltete Umzugskartons mit. *„Moin, wohin damit ?, Kaffee fertig ?"* *„Moin, leg irgendwo hin, ich bin noch nicht soweit, ich glaube, ich verschiebe den Umzug"* Hans grinste mir breit entgegen und hörte sich meine Erlebnisse vom gestrigen Tag an. Alles sprudelte noch mal aus mir raus, mit Cher auf der Polizeiwache, von der gesendeten Radionachricht bis hin zum Punkt, was ich mir alles noch aufgeschrieben hatte. *„Zeig mal Deine Notizen her, vielleicht fällt mir noch was ein"*, mit diesen Worten überflog er meinen Zettel. Es wurde still in meiner Küche, da ich beim lesen nicht störend wollte, suchte ich nach der Telefonnummer von meinem neuen Vermieter am Niederrhein, eigentlich wollte ich so schnell wie möglich umziehen, nun konnte ich mich nicht von meiner Insel los reißen. In diesem Moment wurden meine Gedanken unterbrochen, da ich von Hans hörte: *„Mir ist was eingefallen"*,

„Was", war mein erster Gedanke könnte Hans eingefallen sein…

…. nach dem Cher und ich die Wache verlassen hatten, klopfte Sven Eddi auf die Schulter. *„Das hast Du genau richtig gemacht Eddi"*, sagte der Revierleiter Sven Matke von der Polizeikommissariat Harburg zu seinem Kollegen. *„Ich gebe jetzt alle Unterlagen zum LKA Berliner Tor ab." „Du meinst wohl Winterhude"*, schmunzelte Eduard Otte, in Anspielung auf das Behördenhaus, daß wie ein Dekagramm 2001 nun das neue zu Hause des Polizeipräsidiums Hamburg ist. *„Jaja, klei mi am Moors"*, leicht verlegen griff Sven zum Telefon, suchend nach einen persönlichen Ansprechpartner im Polizeipräsidium, blätterte er missmutig im Telefonregister. Früher wäre er schnell mal mit dem Boot Elbe 14 rüber geschippert, hätte über Heidenkampsweg das Hochhaus am Berliner Tor geentert und die Akten persönlich abgeliefert. *„Ich gebe auf, ich wähle die Polizei Hotline an, so'n schiet"*, am anderen Ende klingelt es…

…*„Bettina, ganz sutje, ich bin es nur Ronald"*, gab sich der Bauamtsleiter zu erkennen, er war auch sofort aus dem Saal gegangen um nach seiner schönen Mitstreiterin zu sehen. *„Man mir zittern immer noch die Knie, ich habe mich richtig erschreckt, laß mich schnell noch den abweichenden Bebauungsplan von der zukünftigen Seenplatte Hemmingen raus holen"*. Ein paar Minuten später waren beide wieder im Lokal. Die nun vorgestellten Pläne beruhigten fast alle Anwesenden. Am Schluß der Informationsveranstaltung holte sich Bettina Lorz den Peter Junghans zur Seite und erzählte Ihm vom einer baldigen Eröffnung eines Autohauses in Laatzen. Mit diesen noch geheimen Informationen fuhr Peter nach Hause. Angekommen bestaunte er die neuen Emaille Schilder von Gisbert Hannen & Sohn, die sein Bruder Klaus mit Gisbert an der Einfahrt angebracht hatten. Bei einem abschließenden Kaffee erzählte Peter den beiden die erfreulichen Nachrichten aus dem Ricklingen Gasthof. Mit einem: *„Tschüss bis moin"*, verabschiedete sich der fleißige Hannen und fuhr Heim nach Westerfeld.

…*„So, was ist Dir eingefallen ?"*, neugierig kam ich auf Hans zu. *„Weißt Du noch wie wir uns Lenkräder vom Schrottplatz besorgt haben, um sie am Rad zu montieren?"*, lachend unterbrach ich meinen Freund, *„Ja klar, kann ich mich erinnern, Du hast Dein Steuerrad als Sattel befestigt und behauptet, es sei von einem einem Mercedes."* *„ Nur weil das Emblem fehlte, ich hatte nicht die richtigen Schrauben und Muttern damals"*, versuchte Hans die alte Geschichte zu retten. Plötzlich fiel mir was ein, ich schnappte mir mein Telefon und wählte die Nummer von Cher, statt eines Klingeltones am anderen Ende der Leitung kam nur ein Tüt,Tüt.Tüt…

Das Besetztzeichen wollte nicht aufhören, ich wachte auf und bemerkte, daß ich vollkommen übermüdet vom Koffer und Karton packen auf dem Sofa eingeschlafen war, ich hielt noch meinen Telefonhörer in der Hand, meinen geliebtes graues Wählscheibentelefon wollte ich gerade verstauen, als mir spät abends die Augen zu fielen. Alles nur geträumt. Es war alles nur in meiner Fantasie entsprungen, schmunzelnd legte ich nun das Telefon in den Karton, klebte es mit Klebeband zu. Es schellte an meiner Türe. Ich rappelte mich auf und öffnete, Cher stand draußen mit einem Picknick Korb in der Hand. *„Du hast verschlafen, heute ist Markttag, wir treffen uns gleich mit den anderen"*, zwitscherte sie fröhlich drauf los. Ich zog mich schnell an, unterwegs erzählte ich von meinen merkwürdigen Traum. Es war für mich der letzte

Samstag auf Finkenwerder, warum nicht mit einem Markttag beginnen. Am Zeitungsstand trafen wir den Rest meiner Freunde. Zum letzten Mal blätterte ich zwischen den Heften, vielleicht nehme ich mir einen Kojak Krimi auf der Fahrt zum Niederrhein mit. „Niederrhein ?" flüsternd echote Manu, *„Wollen mal sehen, wie lange Du es da aushältst ?", dabei setzte sie mir einen Schmatzer auf meiner Wange, „Ich hab was gefunden"* kam es von Cher, *„ sagtest Du nicht was vorhin von Ricklinger Seenplatte und Marion Pitsch?"* Fast hätte ich mein Kojak fallen lassen, neugierig blättere ich in dem Sachbuch…es fehlten ein paar Seiten…. *„Komm laß uns ins Freibad gehen, wir können dann mal alle ins Buch schauen"*, drängelte Hans. *„Also, dann verstelle ich mal das Lenkrad und wir quetschen uns alle in meinen Mini"*, sagte Piti. *„Ich glaube, ich habe ein Dejavu"*, kam es aus mir heraus. *„Darum kümmere ich mich gleich"*, hauchte Manu mir ins Ohr. *„Mit 5 Leuten im Mini, na das kann was werden."* lachte Cher und stieg ein…

Das Hamburger Bermudadreieck, Hohe Luft, Eppendorfer Baum, Hallerstraße

Hamburg ist Multi Kulti, mit diesem alten Spruch holt man heute keinen Musik-Junkie mehr vor die Türe. Vor dreißig Jahren war das noch ganz anders. Wer sich Vergnügen wollte, mußte nicht bis St.Pauli fahren oder fuhr gerade deswegen aus diesem Stadtteil heraus, um direkt in das Bermudadreieck der echten Unterhaltung zu pilgern, mit Orten und Kneipen, wo live Musik, Blues und Rock Schuppen in Sichtweite und zur Freude eines jeden Blues-Brothers sich abwechselten. Es herrschte zwischen Grindelberg und Pöseldorf in den 70′ und 80 ' zigern eine musikalische Vielfalt auf absolutem höchsten Niveau. Studenten, Schüler, Prominente und Arbeiter hatten alle Ihr eigene Ecke, weit weg vom Glamour eines berühmt berüchtigten New Yorker Studio 54 zum abhängen und wohl fühlen. Oh, ich bin schon wieder mittendrin……Also, es war einmal…..

in Hamburg eine Musikszene, die prägend für eine ganze Generation war. Ich selber konnte noch ein Stück davon genießen. In einer Großstadt wie Hamburg war und ist immer was los. Nach einem Essen oder Kinobesuch, bin ich gerne noch über die Häuser gezogen.

Einen Streifzug durch alle live Musik Lokalitäten mit seinen Freunden gönnen, voraus gesetzt die Kondition und das Durchhaltevermögen waren vorhanden, hat mir immer Spaß gemacht. Die Reihenfolge war meistens gleich, da wir immer an der Isebek starteten. Im Schatten der Grindelhochhäuser lag das Logo vor uns. Eine Musikkneipe in der an Wochenenden alles gespielt wurde, außer klassische Musik. Getränke wurden und werden auch außerhalb der

Lokalität serviert. Wer es weniger progressiv mochte, machte sich ein paar Meter weiter zum Isebekkanal auf. Als „Normalo" konnte man auf dem Discodampfer Marieville ein paar Minuten die Luft der großen Kiezwelt schnuppern und sich zu gängiger Musik bewegen. Wer nicht soviel Taschengeld mit hatte, machte sich über den Lehmweg Richtung Eppendorf auf, das Onkel Pö hatte Kultstatus, ein anziehender Magnetpunkt, weit über Hamburgs grenzen hinaus bekannt, nicht erst seit dem die Rentnerband, Udo Lindenberg oder Helen Schneider dort spielten. Hier war alles eine Nummer kleiner und intimer. Manchmal war der Schuppen so voll, daß ich nicht rein kam. Machte mir meistens nichts aus, da die Musik sehr gut vor der Türe zu hören war. Über den Eppendorfer Weg folgten eine Reihe guter Kneipen, die zum verweilen einluden.

Dieses Arbeiterviertel mit seinen vielen Lokalen hatte seinen eigenen Charme, es gab allerlei Möglichkeiten wieder aufzutanken beim knobeln, Skat und Billard spielen und natürlich in weiteren live Musik Buden entlang des Weges. Wer hier nicht bleiben wollte, hatte zur nächtlichen Stunde nur noch ein Ziel vor Augen, schlenderte Vergnügungssüchtig gemütlich nach Pöseldorf. Geografisch nicht ganz zu definieren, fängt dieses Pöseldorf ab Hallerstraße an. Am Ende sollte das 'Zwick' vor einem auftauchen, sonst hat man sich, im dem von mir gedachten Bermudadreieck, verlaufen und ist wohl möglich an der Rothenbaumchaussee gelandet. Ab hier gilt für mich der Musikfreund von nun an als verschollen. Der Abend ist gelaufen, für den waschechten Hamburger eine Situation, die es mit *„allens sutje"* nicht ganz treffen würde, da er oder wir einen Spaziergang von mehr als 5 Kilometern gemacht haben, ohne finalen Erfolg auf ein gutes abschießende Ende in einem Rock Musik Cafe. Des Rätsel Lösung, das rustikale Zwick ist näher am Alstervorland und nicht so sehr am zentralen Straßenverlauf des „*Rotherbaum"* gelegen. Wer einmal diese Strecke gehen möchte, kann dies auch am Tage machen und wunderschöne Häuser bestaunen. Wer sich total verlaufen hat, sollte die Rothenbaumchaussee weiter runter gehen, hier heißt dann das Endziel Dammtor Bahnhof.

An meinem Ehrentage mit nun 52 Jahren, gebe ich für die 'Eingeweihten' unter uns einen kleinen Tipp, behaltet die U- Bahnen im Auge…

Lizenzrecht in Deutschland, ein Buch mit 7 Siegeln ?

Lizenzen, ah ja, davon habe ich schon mal gehört. Was im ersten Moment als Wort im Raume steht, entwickelt sich als unüberbrückbare Hürde eines einfach denkenden Verstandes. Grund genug, daß ich mich mal in dieses Thema vertiefe, jedoch stoße ich gleich wieder an meine Grenzen und frage mich allen Ernstes, ob wir nicht überhaupt ein Nutzungsrecht brauchen, um im täglichen Leben klar zu kommen. Mit einem 'wieso' nicht eine Genehmigung beantragen? fallen mir jede Menge Beispiele ein, über was erlaubt ist und was nicht und das läßt meine Haare nicht grau werden, nein, sie fallen mir gleich aus. Ich wollte mein Video in jutobe panal einstellen und wurde gesperrt, völlig fassungslos lese ich *„Dein Video enthält möglicherweise urheberrechtlich geschützte Inhalte. Urheber können festlegen, dass Jutobe-Video mit ihren Inhalten gesperrt werden sollen".* Halt ich bin ja schon wieder mittendrin… Also es war einmal…

ein schöner Tag, für mich genau die Zeit, mal etwas zu machen. Da ich keine Langeweile kenne, überlegte ich kurz, bündelte meine Kräfte und legte los. Diesmal wollte ich ein Musikvideo einstellen. In der heutigen Zeit des Internets stöberte ich nach brauchbaren Material. Um mich nicht strafbar zu machen und gegen das Urheberrecht zu verstoßen, speichere ich nicht die gefunden Daten, Bilder, Musik auf meinem Rechner, nein ich füge alles ein in dem zu Verfügung stehen Programmanbieter meines Lieblingspanales jutobe. Es ist mühselig, manchmal richtig Zeit raubend bis ein Teilstück meines neuen Clips fertig ist. Vorausgesetzt mein Rechner macht keine Schwierigkeiten und die Verbindung hält während dieser Transaktion zum Betreiber, freue ich mich bei der Herstellung meines Clips über jeden Moment meines Schaffens. Meistens brauche ich mehre Stunden, ja oft Tage bis alles fertig ist. So ganz nebenbei, bitte nicht alles aus dem Internet kopieren und speichern, – als Auszug aus dem Urheberrechtgesetz – „*Internetnutzer sollten Bilder, Musik, Filme oder Computerprogramme nicht einfach vervielfältigen oder in der Öffentlichkeit verwenden, weil hierdurch oftmals Rechte Dritter verletzt werden. Das fängt an bei einem Bild, das aus dem Internet kopiert wird und für eigene Zwecke im Internet verwendet, also öffentlich zugänglich gemacht wird, und geht weiter bei der Verbreitung von Musik und Filmen oder Computerspielen in so genannten Tauschbörsen. Auch hier findet ein öffentliches Zugänglichmachen statt, das als eigene Nutzungshandlung nur dem Rechteinhaber zusteht.*"

Bis hierhin war es einfach, nun wird es kompliziert. Ich darf zum privaten Zwecke mit Programmen arbeiten, hier liegt eine Erlaubnis vom jutobe Anbieter vor, ich darf es nicht veröffentlichen. Warum stellt man mir und Millionen von Nutzern denn diese Anwendung zu Verfügung ? Es gleicht gar einer Verführung zum unanständig sein, wie lange halte ich dieser Versuchung stand? Mein Verstand regiert knall hart und mahnt mich, nicht weiter zugehen. Mein Bauchgefühl kommt mit einer Marilyn Monroe Rakete durch meinen Körper geschossen „*Badambadambubido und weiter machen Honey, Du schaffst es*", höre ich meine innere Stimme. An diesem Punkt lese ich mich tiefer im Wald der Lizenzrechte ein und bemerke eine Lücke, welch Glück, – Auszug §§ 35 Urheberrecht – „*Der Inhaber eines ausschließlichen Nutzungsrechts kann weitere Nutzungsrechte nur mit Zustimmung des Urhebers einräumen.*

*Der Zustimmung bedarf es nicht, wenn das ausschließliche
<u>Nutzungsrecht</u> nur zur Wahrnehmung der Belange des Urhebers
eingeräumt ist".*

Also alles klar, es wird erklärend unter meinen Clips, eine Quelle genannt, so nach der Art: „*Ist nicht auf meinem Mist gewachsen, habe alles gefunden und nun stelle ich es ein, ätsch*". Nun wird mein Clip auf die Plattform gespeichert. Ja, ich habe es geschafft, mein Clip wird hoch geladen, es vergehen Stunden, Minuten, nur noch Sekunden der Warterei, dann ist mein Video zu 98%…100%…fertig geladen. Alles wird nochmal aktualisiert und mich trifft der nächste Schlag*: "In Deinem Video wurden urheberrechtlich geschützte Inhalte gefunden. Der Antragsteller lässt die Verwendung seiner Inhalte in deinem jutobe-Video nicht zu".* Ich glaube es nicht, das kann doch nicht wahr sein, leicht geschockt fliegen meine Augen lesend über diesen Satz. Eine Entscheidung muß her. Was ist denn nun wieder passiert ? Ich habe doch alles gemacht, damit jeder Punkt erfüllt ist und jeder Urheber und Lizenzlude der Welt erkennt, daß dieses Produkt nicht von mir ist, ich habe sogar alles verlinkt um dem schnöden Mammon gerecht zu werden. Ich will an meinem Kunstwerk nicht verdienen, nur laßt es mich einstellen, damit auch andere sich erfreuen können. „*Im Namen des Volkes, hier liegt eine Urheberrechtsverletzung vor*" höre ich meinen Verstand triumphieren. Mein Bauch meldet sich nicht, ich stehe nun vor der Wahl, ziehe ich es durch und erhebe Einspruch: „*Hast Du mich gerufen ? Darling*" kommt es von meiner Marilyn empor „*ich bin für Einspruch, Du weißt doch, ich liebe die wahren Künstler und heute Abend werden wir…*" da schaltet sich mein Verstand ein und führt meine zitternden Finger auf den Punkt im jutobe panal – Programm – Bearbeitung – Video löschen –

und schickt per Tastendruck mein Werk in den Mülleimer. Verzweiflung steht auf meiner Stirn geschrieben, aber mein geistiger Kumpel hat mich gerettet, es wäre eine Verletzung der Urheberrechte gewesen, bei Überführung dieses Vergehens kann darauf hin eine Strafe folgen, so um die 1000 € werden es wohl sein, die mich der Spaß gekostet hätte. Warum macht man es mir auch so leicht, das falsche zu machen? Gut oder Böse, daß ist hier die Frage, mit einem kleinen Vorwurf an die Plattformen Betreiber, atme ich wieder ruhiger und denke 'Warum' ist es so und nicht anders ?

Nun da ich sehe, wie leicht ich an Marilyn's Äpfel komme, sollte ich auch mal vielleicht an die Produktfirmen denken, die mit Ihren Erzeugnissen Geld verdienen möchten. Aber es fällt mir schwer zu verstehen, daß ich nicht schon gekennzeichnete Werke, die eingestellt wurden, wo die Besitzer mit Ihren original Rechten daran als einziger verdienen, nicht noch mal einzustellen ? Deutschland ist ein ordentliches Land, hier gibt es Rechte und Pflichten, an die sich alle halten müssen. Warum gibt es keinen Paragraphen, der es Kopierern und Nachahmern erlaubt einmal eingestellte Videos unter Ihrem Namen unter Nennung des Originalurhebers noch mal zu veröffentlichen ? Wo bleibt hier der faire Handel mit wahren Werten. Manche Kopie ist besser als das Original und hierfür sollte es eine Belohnung geben, in der Art, der Urheber ist … bekommt …Pinke, Pinke… die eingestellte Kopie gefällt und bekommt…Pinke, Pinke, ja hier schaltet selbst mein Verstand nicht mehr ein, damit das ganz klar ist, ich meine nicht die Edelmischer an Ihren Geräten, die jedes Bild verpixeln können, bis Tante Käthe aussieht wie Mona Lisa und die jeden Ton und jede Note mischen, nur um vom Original ab zu lenken. Ich meine die kleinen Leute, die ein tolles Werk nehmen, den Verfasser nennen und sich freuen und fühlen können wie ein Komponist oder Sänger u.s.w. Eine bessere Werbung für ein Unternehmen oder einen Künstler kann es nicht geben, wie einen Fan, der nochmal alles haben möchte und es auf seinem Konto, in seiner Weise einstellt. Es bleibt müßig darüber nach zu denken, ein bitterer Nachgeschmack bleibt, vielleicht wird sich was ändern…warten wir es mal ab…bis dahin kann mich jeder von hinten plagiieren.

Mit dem Rad zur rechten Zeit ankommen, der Niederrhein ist länger als man glaubt

Hier am Niederrhein macht das Fahrrad fahren Spaß. Die meisten Radwege zwischen den Niederlanden und Deutschland wechseln sich munter nahtlos mit Bundesstraße und Feldwegen ab. Wer etwas Zeit und Ruhe mitbringt, läßt sich entlang vom alten Rhein gemächlich gleiten und genießt die herrliche Landschaft abseits des Deiches. An diesem Samstag freute ich mich, endlich war es warm genug, um morgens in die Pedale zu treten. Gemütlich abschalten, sich den Wind um die Ohren wehen lassen, mit reichlich Pausen, einfach nur mal so los strampeln. Nach dem aufstehen, mit einem Blick aus dem Fenster, oh ich bin wieder mittendrin…… also es war einmal….

sah ich keine einzige Wolke am Himmel, schnell eine Tasse Kaffee gemacht, meinen Drahtesel aus dem Schuppen geholt, ein letzter Blick auf meine Karte und der Niederrhein konnte erobert werden. Gemacht und getan radelte ich munter auf die Issel zu, Richtung Bocholt soweit die Füsse tragen hatte ich nach gut 10 Kilometern Hamminkeln erreicht. Bis hierhin, erst mal eine kleine Pause einlegen. Nach 10 Minuten weiter auf der Bundesstraße, steuerte ich am Ortseingang Bocholt einen kleinen Bäcker an.

Die ersten 20 Kilometer in Beinen merkend, fühlte ich mich auf meiner Tour wohl. Die Sonne strahlte mit mir um die Wette. Nach einer guten halben Stunde später, gestärkt nach Brötchen mit Kaffee, fand mein Rad fast von selbst den alten Grenzweg bei Dinxperlo. Vor Jahren galt diese Strecke als grüne Grenze zwischen den Niederlanden und Deutschland, vorbei an nicht enden wollenden

Wiesen und Höfen, stand ich nun vor dem alten verlassenen Zollhäuschen. Nach gefühlten 50 Kilometern sagte mir mein verlängertes Rückrat, daß es noch ein langer Weg nach Hause ist. Umschauend und langsam radelte ich Richtung Aalten. In einem kleinen Restaurant, konnte ich endlich eine große Rast machen. Wer einmal hier in Aalten ist, sollte unbedingt Pfandkuchen essen. Mein Blick fiel auf das bunte treiben der anwesenden Marktbesucher. Gestärkt ging es weiter zum nächsten Markt. Nach ein paar Kilometern wurde ich in Winterswijk fündig. Ich merkte, daß mein Körper eine große Pause brauchte. Erschöpft bahnte ich mir einen Weg durch den Marktstände. Bei einem heißen Bratfischstand kamen ganz langsam meine Kräfte wieder zurück. Das wird ein ganz langer Weg nach Hause, dachte ich mir, zum Himmel blickend sahen meine Augen wie der Wind immer mehr Wolken zusammen kettete, es war nur eine Frage der Zeit, wann es tröpfeln würde. Bis hierhin war es eine wunderbare Radtour, Zeit langsam meinen Heimweg an zu treten. Auf Wiedersehen Holland, auf alten Schleichwegen vorbei am Freibad und dem Winterswijker Wald, erreichte ich einen anderen verlassen Grenzpunkt. Ich war froh diese kleinen Pfade wieder zu finden. Es kommt oft vor, das nicht ortskundige Touristen sich hoffnungslos verfahren und auf einer Wiese landen. Wer einmal hier vorbei fährt oder durch kommt, sollte sich nicht auf sein Navigationssystem verlassen, solange auf den Wiesen noch braun-weiße Kühe stehen, ist man noch in den Niederlanden. Wer dagegen schwarz-weiße Viecher sieht, kann sicher sein Holland verlassen zu haben. Hurra Deutschland, kam es mir durch den Sinn, ich mußte mein Rad ein längeres Stück schieben, mein Rücken wollte keinen Kilometer mehr fressen. Mehr auf Schusters Rappen erreichte ich Rhede.

Endlich angekommen, so nah zu Hause und doch von der Heimat soweit entfernt, freute ich mich auf die Rheder Kirmes an diesem Wochenende. Einmal um die Rheder Kirche bummelnd, natürlich mit Einkehr in einer kleinen Eisdiele, krampfhaft meine letzte Kräfte sammelnd, fuhr ich den Rest der Strecke ohne Pause und huschte somit an Brünen vorbei, in Gedanken an eine trockene Heimfahrt. Doch es war zu spät, das Unheil nahm seinen Lauf, kurz vor 17:00 Uhr prasselte ein Landregen auf mich nieder. Mitten im freien Feld, war weit und breit keine Unterstellmöglichkeit für mich zu finden. Nun erinnerte ich mich an einen alten Segler - und Fischerspruch aus meiner Kindheit, irgendwas sollte man nicht tun, wenn man morgens keine Wolke am Himmel sieht. Pitsch nass konnte ich mir darauf nun eine Antwort geben. Endlich zu Hause angekommen stieg ich vom Fahrrad, mitten im Sommer, mit eiskalten Waden, dachte ich nur noch an ein heißes Wannenbad und warmen Tee. Ich war so durch gefroren, zitternd und gleichzeitig glücklich es geschafft zu haben. Auf dem Sofa, Schlückchen nippend an der Teetasse, schlief ich bei der Bundesliga um 18:00 Uhr friedlich ein. Über 80 Kilometer war ich an einem Tag gefahren. Beim nächsten Mal fahre ich erst wieder Rad, wenn eine Wolke am Himmel zu sehen ist oder bringe ich da was durcheinander?…

Richtige Männer versüßen jedes Sommerfest, ein Wiedersehen mit Freunden

Was gibt es schöneres als im Sommer in gemütlicher Runde mit Freunden oder der Familie zu sein, zu plaudern, etwas Spaß zu haben. Essen und trinken spielen bei solchen Begegnungen eine wichtige Rolle, wobei im Laufe des Zusammenseins es eher zu vernachlässigen ist oder ? Etwas mehr Beachtung finden dabei die gemeinsamen Unterhaltungen, die sicher nicht fehlen sollten. Je nach Ausgang dieser Gemeinsamkeiten kann es zu einer Forstsetzung bei nächster Gelegenheit kommen. Stellen wir uns diesen schönen Tag oder den bevorstehenden Abend in verschiedenen Ländern vor und entscheiden uns ganz nach Lust und Laune, wo wir am liebsten dabei sein würden. Oh, ich bin schon wieder mittendrin...also es war einmal…

in der Mitte vom nördlichen Deutschland, da hatte der Wilhelm Till alle seine Freunde auf seinem ländlichen Anwesen eingeladen, ganz in Vorfreude schuftete er schon seit dem frühen morgen. Er mußte Platz schaffen in seiner alten Diele für die abendliche Party, dafür wurden erst mal Kommoden, Stühle, Tische und Teppiche heraus getragen, damit alles gefegt, gesaugt, gereinigt und schön gemacht werden konnte. Eine schweißtreibende Arbeit, die sein ganzes planerisches Können erforderte.

– Wir sehen an Hand von wenigen Beispielen, das in Deutschland alles geplant wird, im Geiste spielen wir jede Einzelheit durch, alles muß perfekt sein, noch bevor der erste Gast kommt. –

In der Nähe der Garonne auf dem ländlichen Gut von Salvatore de Bergerac wurde der Hausherr von leichten Schnarchgeräuschen geweckt. Er sortierte seine Sinne und stellte fest, daß es mit einer weiteren Tischdecke unter dem Tisch voll kommen ausreichen würde, in den Morgen zu schlummern. Ein herrlicher Tag würde erst beginnen, wenn er den Duft von Kaffee und Croissants spüren könnte. Mit einem herzhaften Schlag auf die Schulter des schnarchenden Individuums Jaque, machte Salvatore seinem Freund klar, daß er nach einen Frühstück verlangte. Der liebe Jaque rollte sich von seiner Decke und schlich in das Haus. Vom weiten war leises lärmen aus der Küche zu hören. Zufrieden mit sich selbst döste Salvatore noch einmal ein. Sanfte Gedanken kreisten um den gestrigen Tag des Sommerwindfestes, der auf seinem Hof statt fand. Bis zum frühen morgen wurde gelacht und philosophiert. Es sollte nicht die letzte lange Nacht werden…

– Ganz klar wir befinden uns in Frankreich, irgendwie ist jeder immer mit was beschäftigt, ob Freizeit, Freiheit oder mit dem Sinn des Lebens, na ob das was für mich ist ?…–

Die ersten Sonnenstrahlen fielen auf die Finca von Don Quichotte. Sancho Panza, treuer Freund und Helfer des Ritters ohne Gnade, war in den Morgenstunden damit beschäftigt, alle sternenförmigen Bola's auf zu sammeln, die Roberto Don Quichotte letzte Nacht geworfen und kreuz und quer an der Finca eigenen Mühle verteilt hatte, nur um seine Dulzinea vor gefährliche Stechrittern zu schützen. Ein paar Bola Schnüre klackerten vom Wind angetrieben fest verschnürt an den Mühlenrädern. So vergingen die Stunden, Sancho brauchte eine Pause und machte sich auf den Weg zur Küche.

– Es ist egal, wo wir uns im südlichen Raum befinden, ob Italien. Spanien, Portugal. Hier wird die Leichtigkeit des Seins zelebriert, abgeschaltet und in den Tag gelebt. Mit diesem Einblick lassen wir uns treiben und schauen entspannt auf den kommende Tag –

Endlich war es geschafft, Wilhelm hatte gerade damit begonnen, die ganzen Tische in der Diele in Form eines Hufeisen aufzustellen. Da kam Carmen mit der Gästeliste um die Ecke. Eine willkommene Abwechslung für Till, der gar keine Lust mehr auf Party hatte. Carmen sah Ihrem Mann an, ein merkwürdiges Gefühl stieg Ihr beim Anblick in die fast fertige Diele empor. Während dessen versuchte der Eulenspiegel die Stühle rund um die Tische in einem 60 Zentimeter Abstand aus zu balancieren. Party hin oder her, wenn nicht die ganzen Vorbereitungen wären. Ein kaum hörbarer Seufzer von Ihm wurde von Carmen wahr genommen. Hier mußte sie handeln. *„Till, komm hör auf, packen wir ein paar Sachen zusammen und fahren zu Salvatore"*, sagte Ihre liebliche Stimme. Mit einem wortlosen Nicken, folgte Wilhelm seiner Frau. Ein paar Minuten später waren sie schon auf dem Weg Richtung Bordeaux. So ein Überraschungsbesuch bei Freunden war genau das richtige für Ihn. Auf dem Weg zum Flughafen kam Carmen auf eine noch bessere Idee, in der Halle des Hamburger Flughafens schnappte sie sich eine freie Telefonzelle und rief bei Salvatore an. Es schellte…

…Früh am Mittag wachte endlich Roberto auf. Nach wenigen Schritten war er auf seiner Terrasse angelangt. Dulzinea und Sancho nippten gerade an Ihrem frisch ausgepressten Zitronensaft. Als sie Don Quichotte bemerkten verstummten beide, es lag der süsse Duft der Verschwörung in der Luft. *„Aha erwischt"*, brummelte Roberto Ihnen entgegen.

Schmunzelnd puhlte er eine Orange ab und machte es sich auf der Terrasse gemütlich. *„Na, was heckt Ihr beiden wieder aus ? Hat es was mit dem Luna Fest zu tun, stimmt's ?"*, Roberto war neugierig, er wurde aber nicht von seinen beiden lieben eingeweiht, wußte Dulzinea und sein guter Freund doch nur all zu gut, daß Don Quichotte keine Geheimnisse für sich behalten konnte. *„Wir feiern hier auf der Finca Amigo"*, kam es aus Sancho heraus. *„ Nun werde ich schnell noch ein wenig sauber machen, heute Abend geht es los"*. Mit diesen Worten stand er auf und ließ einen rätselnden Roberto am Tisch sitzen. *„Wir brauchen mehr Zitronen, wer kommt denn, ich reite schnell nach Mancha und hole Zitronen"*, freute sich Don Quichotte. *„Du bleibst schön hier und hilfst mir in der Küche"*, machte Dulzinea Ihrem Gatten klar, dabei entfernte sie sich geschwind von der Terrasse.

…*„La cousine de Bergerac"* meldete sich Jacque am Telefon. Am anderen Ende war Carmen, *„Mon amie Jacque, wir sind am Flughafen und wollen in den Süden zu Roberto, hast Du und Salvatore Lust mit zu kommen?"* Endlich kam Salvatore unter dem Tisch hervor, sein kleiner Hunger meldete sich, nach einigen Schritten war er in der Küche und sah seinen Freund am Telefon sprechend. Was in aller Welt war nun schon wieder los. *„Wer ist am Telefon ?"* grummelte Salvatore. Jacque legte mit einem *„Oui, mais naturellement, äh wir kommen"*, den Hörer auf. *„So mon amie, wir fahren nach Mancha, das war Carmen. Sie und Till machen einen Überraschungsbesuch bei Roberto"*, mit knappen Sätzen wurde de Bergarac informiert, *„Bon, wenn Du schon keinen Kaffee machst, rufe bei Dulzinea an, kündige uns an und trommele unsere Truppe zusammen. Paß aber auf, daß Roberto nichts mit bekommt."*

Salvatore schnappte sich seinen Hut und holte den kleinen Theaterbus aus der Garage, *„Auf nach Bordeaux, äh no, ich meine de la Mancha, ohne Kaffee kann ich nicht denken, man bringe mir den Autoschlüssel"*.

Till stand am Verkaufsschalter wartend auf Carmen, *„Warte wir fliegen nach Faro Schatz"*, kam Carmen zu Ihm geeilt. Ein paar Minuten später saßen sie im Flieger, endlich weit weg und ab in den Süden.

Es wurde langsam Abend, alles war mehr oder weniger fertig geworden auf der kleinen Don Quichotte Finca. Rund um die Mühle standen ein paar Tische, ein kleiner Tanzboden war aufgebaut, alles mit kleinen Lampignons verziert. Die ersten Gäste trudelten ein. Roberto war als Gastgeber in seinem Element, er schenkte die ersten Karaffen selbst gemachter Orangen- und Zitronensaft aus. Es konnte nun um die Mühle getanzt werden. Zur selben Zeit hatte der alte Bus von Salvatore den Flughafen von Faro erreicht. Die gesamte Theatergruppe begrüßte Till und Carmen sehr herzlich, nun war es nicht mehr weit bis zum Ziel, gemächlich wurde die Fahrt fort gesetzt. Gut gelaunt, bei untergehenden Sonne, erreichten sie die Einfahrt der Finca, hörten die fröhliche Musik von Roberto's Mühle kommend. Da plötzlich sauste eine Bola in die Scheibenwischer. Der Bus stoppte an der Mühle, alle Buspassagiere verließen fluchtartig das Gefährt, *„Nur schnell weg hier und rüber zum sicheren Tanzboden Leute, der Irre fängt schon wieder Stechritter"*, riefen die anwesenden Gäste der verdutzten Theatergruppe zu. Als Don Quichotte sah, was er gejagt hatte, legte er seine Bola's beiseite, mußte lächeln, schließlich umarmte er mit einer entschuldigen Geste seine Freunde, *„Dulzinea, schaue mal was ich gefangen habe"*.

Welches ist der älteste Beruf der Welt ? von Jägern, Sammlern über Kurtisane und Mätressen...

Zugeben eine Fangfrage, die je nach Grad der Bildung unterschiedlich betrachtet werden kann. Nach ein paar Augenblicken intensiven Nachdenkens komme ich auf Jäger und Sammler. Ganz klar, ohne diese mutigen Männer und Frauen, in Gruppen und Klane einer Gemeinschaft eingebettet wären wir schon lange ausgestorben. Das war ja einfach, aber ganz zufrieden bin ich mit meiner Antwort noch nicht. Vielleicht sollte ich die Bedeutung des Wortes Beruf neu definieren. Ein paar Gedanken später komme ich auf ausüben einer Tätigkeit, gleichzeitig stelle ich mir die Frage der Berufung. Hängt es mehr von Eigenschaften oder vom eigenen Talent ab, was von einer Generation in die andere weiter vererbt wird. Sind uns seit unserer Geburt professionelle Möglichkeiten der Auswahl schon in die Wiege gegeben ? Oh, ich bin schon wieder mitten in Thema meiner Geschichte…..also es war einmal……

in einer schönen Runde, als ich am Gartentisch sitzend mit meinen Freunden und Ihren lieben Frauen die Grillzeiten der einzelnen Essensgänge verkürzen wollte. So wurde mein Vorschlag ein Wissensduell von allen Seiten angenommen. Das Spiel mit nicht ganz ernst gemeinten Fragen konnte beginnen, die aufgestellten Parteien legten los, der Geschlechterkampf konnte beginnen. Es ist doch immer wieder lustig, wie die jeweiligen Gruppen zu einander finden und was am Ende dabei heraus kommt. Ein kleiner Wettstreit unter Freunden, wer ist der klügste und wer hat die lustigste Antwort parat, eben leichte Konversation. Der Sieger braucht nicht ab zu waschen und sauber zu machen.

Ein hämischer Gewinn, der keine Verlierer hat. Wir starteten mit der Frage, welches sei nun der älteste Beruf auf der Welt ? Der Ehrgeiz bloß nicht zu verlieren, war geweckt. Männer gegen Frauen, na das kann ja was werden. Nun kamen folgende Antworten daher geflogen, Jäger und Sammler, Totengräber, Steuereintreiber und mein Favorit Kurtisane und Mätressen kamen von der Männerseite. Unter lauten Lachen der Frauen wurde sofort Einspruch erhoben, da Jäger und Sammler keine Beruf sind. Fröhlich durften wir Männer uns nun mit Bauern, Heilern und Priestern aus einander setzen, die auf männliche Seite natürlich als Antworten akzeptiert wurden. So schnell geben wir Männer nicht auf, da unsere Jäger und Sammler nicht genommen wurden, zogen wir blitzschnell mit Hetären nach. Dafür mußten wir von den Frauen die Nonnen annehmen. Als Argumentationshilfe wurden nun die diversen Rechnermöglichkeiten gezückt und jeder Spielteilnehmer war damit beschäftigt im Internet Antworten zu finden.

Mit unseren Totengräber hatten wir kein Glück, zwar wird immer gestorben, aber keiner von uns Männern konnte einen festen Zeitpunkt, einen Dokument vorzeigen, wo dieser Beruf erwähnt wird. Es ist doch komisch oder ? Also kein Punkt für die Männer. Die Frauen konnten mit Ihren Bauern und Heilern punkten. Unabhängig von Glaubens- und Zeitregistern hatten wir Männer keine Chance und erlitten mit Priestern seit Beginn der neuen Zeitrechnung eine weitere Schlappe für unseren Punktestand. Siegessicher hatten die Frauen einen Vorsprung heraus gespielt und sich über den Steuereintreiber lustig gemacht.

Es mußte eine List her. Wir Männer erklärten gehört, gesagt, gesehen und geschrieben als grundsätzlich legitim, beharrten darauf, daß es Sodom und Gomorrha gegeben hat. So bekamen wir Punkte für Mätressen und Hetäre. Mir fiel im selben Zusammenhang noch der ehrbare Beruf der Geisha ein. Meine männlichen Mitspieler atmeten erleichtern auf. Dicht vor einem Punktegleichstand stehend, fiel es unseren Frauen schwer, unsere aufgeführten Berufe nicht gelten zu lassen. Wer mochte in diesem Augenblick auch widersprechen, hatten wir uns doch so viel Mühe gegeben und alle ehrbaren Berufe stichhaltig dokumentativ bewiesen. Die Frauen kappten die Internetleitung, nun wurde es ernst, wir befanden uns auf dem Höhepunkt des Spieles. Es wurde eine Toilettenpause eingelegt. Wir Männer rechneten im Kopfe nach, ob die Sieger des Abends feststanden. Nachdem wir uns erfrischt hatten, standen unsere Frauen gemeinsam auf und besuchten alle unser Badezimmer. Meinen männlichen Mitstreitern und mir schwante nichts Gutes. Endlose Minuten vergingen, endlich kamen unsere lieben Frauen wieder. Es wurde nachgerechnet, wir hatten einen Gleichstand. Nun wurde noch mal sorgsam jeder einzelne Beruf von den Frauen betrachtet. Durch meine eingebrachte Geisha hatten wir mehr Berufe genannt und damit einen Ausgleich erreicht. Es fehlte den Frauen noch ein Beruf. Gespannt schaute wir uns alle an. Ich durchbrach die knisternde Stille mit der Frage: „Soll ich uns noch einen Kaffee kochen?". Eigentlich wollte ich den Frauen mit diesem Wink den Beruf der Köchin suggerieren. Hier hätten wir Männer abgelehnt, da diese Tätigkeit erst viel später als richtiger Beruf ausgezeichnet wurde. Unerwartet sachlich hörte ich meine Frau sagen:

„Die Erzählerin ist der älteste Beruf, ohne die Überlieferungen der Geschichtenerzähler hätten wir uns nicht weiter entwickeln können. Das erzählte Wort wurde von Generation zu Generation weitergegeben". Ich war sprachlos und konnte den Ausführungen meiner Frau nichts entgegen setzen. Tapfer standen wir Männer auf und machten uns auf den Weg in die Küche. Beim nächsten Mal spielen wir lieber Stadt, Land, Fluß, flüsterte ich den Männern zu, Frauen haben eine natürliche geografische Schwäche, habe ich mal gehört und gelesen und dann werden wir auf dem Sofa sitzen und unseren Kaffee genießen…

Sommer Herr Glossi möchte Urlaub machen…Adieu nächstes Jahr wird alles besser…

Pünktlich im Herbst kommt das Ende mit dem Sommer. Wieder mal habe ich nicht alles geschafft, was ich mir vorgenommen habe, „aber Hauptsache gesund", wie man hier am Niederrhein immer so schön sagt. Ein bisschen komme ich mir vor wie Herr Glossi. Was Sie kennen Glossi nicht ? Dann wird es aber Zeit, daß ich diese imaginäre Person vorstelle, die nach Glück und Frieden mit allem und jedem sucht. Immer wenn es mir / uns gut geht, bekommen wir wirtschaftlich oder politisch eine Aufgabe zwischen die Beine geschmissen, mit der wir uns abfinden müssen. Situationsbedingt erleben wir es im nahen Umfeld in der Familie, bei unseren Freunden oder auf der Arbeit. Wir / ich haben nie lange Zeit um uns darauf einzustellen. Nein, wir krempeln die Ärmel hoch und ziehen, schleppen, ackern alles aus dem Dreck, was sich uns in den Weg stellt. Bis wir wieder einen auf die Nase bekommen. Philosophisch betrachtet, umschreibe ich es mal mit dem Urlaub, den wir wohl nie so nehmen dürfen, wie wir es wollen und wann w i r es wollen. Also, am Anfang des Jahres nehme ich mir…äh…Herr Glossi sehr viele Sachen vor, die er ändern möchte. Er fängt schon am Silvesterabend mit dem schmieden der guten Vorsätze für das Neue Jahr an…. oh wieder mitten drin… es war einmal…

Herr Glossi, der sich diesmal fest vorgenommen hatte, nächstes Jahr alles besser zu machen. Zu viel hatte er liegen lassen, das ganze Jahr seine Familie und Freunde kaum gesehen, auf der Arbeit konnte er zu seinem Chef nie nein sagen, er machte und rannte, wenn der

Boss es verlangte, ohne Rücksicht auf sein Privatleben, die Firma war alles für Ihn. Überstunden kloppen und arbeiten wie ein Hamster in seinem Laufrad. So dümpelte er Jahr für Jahr vor sich hin. Seine Kinder und seine Frau sahen ihn kaum noch, da er ständig auf der Arbeit war. Einfach mal Urlaub machen, er konnte sich nicht mehr erinnern, wann er das letzte Mal Ferien hatte. Rosenmontag hatte er einen Tag Urlaub und Ostermontag war frei gewesen, Pfingsten mußte er Urlaub nehmen, da es betrieblich am besten auskommen würde, hatte sein Schichtleiter gesagt. Pfingsten, war schön gewesen, es gab sogar Tage an denen er mit der Familie frühstücken konnte. Seine seltenen Momente des Glücks waren Fußballspiele im Fernsehen gewesen. Im Sommer hätte er gerne zwei ganzen Woche faulenzen wollen. Dies war für die Firma aber unmöglich, sie könnte nicht auf Ihn länger als 10 Tage verzichten, vielleicht hätte er eine Chance Weihnachten oder Silvester frei zu bekommen, anders geht es nicht, sonst würde alles zusammen brechen, wenn er fehlt, das hatte sein Chef Ihm unter dem Deckmantel der Verschwiegenheit erzählt und Glossi glaubte es und vertraute seinem Chef.

Nun im Juni platze die Bombe, das Unternehmen gab bekannt, das Glossi's Standort geschlossen würde. Es war Schluß, nächstes Jahr wird dicht gemacht. Wir brauchen Dich nicht mehr, nehme es zu Kenntnis Glossi und nun gehe wieder an Deinen Arbeitsplatz zurück. Eine Tatsache die so kalt für Ihn klang, es war unmenschlich was da aus den Vorstandsetagen kam. In diesem Moment begriff Herr Glossi, daß er nicht alleine war. 20.000 Leute verloren auf einmal Ihre Arbeit. Was nun ? Was mache ich nur ? Was wird aus mir ? Habe ich nicht alles für die Firma getan ?

Täglich sprudelten immer wieder neue Horrormeldungen aus der Chefebene, Glossi's direkte Vorgesetzte waren auf einmal alle damit beschäftigt in Telefonkonferenzen gegenüber dem Vorstand zu berichten, ob noch alles in Ihren Teams läuft. Ihnen wurde aufgetragen, jede Aktivität bei den Arbeitnehmern zu erfassen. Bis zum endgültigen Schluß des Unternehmens sollte gearbeitet werden, als wenn nichts geschehen wäre. Kontrolle ist das einzige was zählt für den Arbeitgeber. Keiner von den Beschäftigten sollte sich wagen in die Pause zu gehen…

Halt Stop, das kenne ich doch von irgendwo her. So oder so ähnlich habe ich es ein paar mal selbst erlebt. Richtig, was wir jetzt durchmachen, zieht sich wie ein roter Faden, seit Gründung der Bundesrepublik im Jahre 1949 wirtschaftlich gesehen, fortlaufend durch unser Land. Von unseren Arbeitgebern, Ihren mächtigen Arbeitnehmerverbänden werden wir geschickt künstlich dumm gehalten, damit wir bis zum letzten alles geben. Vorbei die Zeiten, als jeder von uns 30 und mehr Jahre für ein Unternehmen gearbeitet hat. Geschichtlich gesehen begann es mit dem Wiederaufbau von Deutschland. Zu jenen Tagen war im Land überall Arbeit zu finden. Es wurden soziale Absicherungsschirme, Krankenkassen geschaffen. Die Glossi's jener Zeit hatten mit Ihrer fleißigen Arbeit ein Fundament gelegt, was bis heute, Jahrzehnte später immer noch Bestand hat. Anerkennend wurde weltweit vom deutschen Wirtschaftswunder gesprochen. Was störte es, daß wir keinen Friedensvertrag bekamen, daß die unter uns lebenden Besatzungsmächte mit Argusaugen beobachten, wie wir uns entwickelten, Hauptsache wir haben Arbeit, nur darauf kommt es an. Mit einen Vorsatz der dauerhaften Kontrolle werden wir seitdem in ein System gepresst, das nicht unser ist.

Nie wieder sollte ein Krieg von Deutschland aus gestartet werden. Zugegeben ein Gedanke, der einfältig klingt, so banal kann man / ich das Verhalten der Deutschen natürlich nicht erklären. Arbeit macht glücklich, das hatten wir doch abgelegt oder ? Ich lasse es mal so stehen. Also, wofür sind wir den in ganzen Welt bekannt ?……Auf keinen Fall dafür, daß wir uns wehren und streiken und nein sagen können, Nein wir sind für unseren Fleiß bekannt, natürlich auch im negativen Sinne für unser Oberlehrer gehabe. Wir sind ein Volk der Dichter und Denker, versuchen alles mit fleißiger Arbeit zu erklären. Wir sind einfältig und schnell zu manipulieren, daß weiß jeder deutsche Arbeitgeber. Leben um zu arbeiten, ja das ist ein Motto. Wir haben nur gearbeitet, geschlafen, sind jeden Tag aufgestanden, Jahr ein Jahr aus. Bis wir es Anfang 1960 endlich geschafft hatten. In Form von kleinen Urlauben wurde langsam eine kleine Freiheit zurück gewonnen. Es wurde wieder Urlaub gemacht. Habe ich gerade das Urlaub ausgesprochen ?

Oh, es ist alles in Ordnung, souverän haben wir alles gemeistert was uns aufgetragen wurde. Aus Besatzungsmächten wurden Freunde, aus Arbeitgebern ein notwendiges Übel. Vielleicht sollten wir endlich mal gedanklich aufstehen und einfach nicht immer nach Rekorden jagen. Wir sollten öfter das Wort Freizeit und Urlaub gebrauchen und es öfter beim Arbeitgeber platzieren. 70 Jahre haben wir kleinen Leute den Karren aus dem Dreck gezogen und uns nicht unter buttern lassen. Es wird Zeit, daß wir endlich mal an unsere Familien und Freunde denken.

Ach ja, fast vergessen, was wird denn nun aus Herrn Glossi guten Vorsätzen?

Nachdem er den Schock mit der Schließung seiner Firma verarbeitet hatte, arbeitet er weiter für das Unternehmen. Die Arbeitsstelle ist nun weiter entfernt. Kein Problem, Überstunden war einmal. Er verzichtet auf keine Pause und ist nicht mehr auf der Suche nach dem Glück, denn er hat es schon längst gefunden. Seinen Urlaub macht er immer noch im Kreise seiner Familie. Der Wunsch für jedes kommende Jahr ist seitdem immer wieder gleich bei Ihm. Sie kennen den Vorsatz auch oder ? Wie sagen wir hier immer am Niederrhein so schön……. „Hauptsache gesund".

Nur eine Muse kann beflügeln und das Wochenende versüßen, oder ?...

Nach einer Woche Arbeit und des täglichen Stresses stand plötzlich das Wochenende vor der Tür. Freitag Abend, ich habe es geschafft. Was mache ich zuerst ? Erst mal Fernsehen an, mit einem Brotteller auf dem Sofa sitzend, schauen was es in der Glotze gibt. Ein paar Minuten später stelle ich fest, daß mich nichts interessiert was im TV läuft, irgendwie bin ich auch zu müde um mich mit dem Medium Fernsehen auseinander zu setzen. Meine Stimmung sinkt, selbst zum Musik hören, habe ich keine Lust mehr. Also mache ich mich Bett fertig … ja ich weiß, ich bin wieder mittendrin… also es war einmal…..

einer dieser Abende, auf die ich mich die ganze Woche gefreut habe. Freitag ist jener Tag, wo ich nach Hause komme und im Kreise meiner lieben bin. Gut gelaunt sitze ich auf dem Sofa und vertilge meinen frisch gemachten Brotteller. So kann es weitergehen, denke ich mir, bis ich im Fernsehen die Nachrichten anschaue. Informationen und Berichte prasseln auf mich nieder, eine ist schlimmer als die andere. Nein, darauf habe ich keine Lust, nachdem ich meinen leeren Teller in die Küche gebracht habe, kommt mir ein toller Einfall, warum nicht etwas Musik auflegen. Bei 'Heart of Glass' von Blondie und Paula Abdul bin ich kurze Zeit später eingeknickt. Also, noch einmal auf rappeln, mich ins Bett bringen. Friedlich schlafe vor der Mitternachtsstunde fest ein.

Samstag für morgens, mal wieder habe ich vergessen meinen Wecker abzustellen, gleich gültig drücke ich den Ausknopf vom piependen Ungetüm.

Ich nehme es als gegeben und nicht veränderbaren Zufall meines Zustandes an um diese Zeit frisch und ausgeruht zu sein. So mitten um 05:00 Uhr ist noch keiner von meiner Familie wach. Zeit für mich, *„das muß genutzt werden"*, denke ich so bei mir, mit Faultier artigen Bewegungen stehe ich auf. Schlurfend erreiche ich das Badezimmer, herrlich wenn es mal frei ist. Mit einem 'Wish you was here- von David Gilmour' verteile ich im rhythmischen Takt Seife und Zahnpasta Platz deckend über Spiegel und Waschkommode. Mit einem gedachten *„Das gibt bestimmt wieder Ärger von min Fruu"* entferne ich mich vom Ort des Schreckens. Leicht summend betrete ich die Küche und starte mit einer frischen Kanne Kaffee in den Tag. Mein Rücken und meine Nacken Muskeln sind noch leicht verspannt. Ein paar Dehnübungen später merke ich doch meine Jahre von 50 +. Ich bin eben kein Jungspund mehr, etwas Entspannung könnte vielleicht die selbe Wirkung haben, kommt es mir so durch den Sinn. Nicht lange überlegend, schalte ich das Radio ein. Unser Dorfsender berichtet auch nur Mist, denke ich mir so, mit den immer wieder gleichen schon 1000 mal gehörten Musikstücken. Immer das selbe, nicht mir mir, das mag ich heute nicht. Mit dem Kopfhörer bewaffnet drehe ich nun den Suchlauf bis zum Anschlag in die linken und rechten Ecken des Scala Bereiches meines Radios. In einem Moment der Stille küßt mich die Muse Thalia. *„Warum nicht selber was machen, Schatz"*. Schelmisch grinsend, ganz egal ob Britney Spears & Iggy Azalea, Buddy Guy, Tracy Chapman, *„meine Musik muß her aber sofort"*, Schluß folgere ich. Mit einer Butterstulle in der Hand krümele ich mich ins Bürozimmer. Hier werfe ich den Rechner an, Thalia flüstert mir was von Eros Ranazotti ins Ohr, genau diesen Gedanken hatte ich auch gerade, echote ich mir selber zu. Mit olympischen Gedanken und 'High Energy' Geschwindigkeit von 'Evelyn Thomas' bin ich bei der Sache. Im Internet fege ich durch die einzelnen Musikclip Anbieter. Endlich, meine abspielbare Liste meiner Musikstücke ist fertig.

Mittlerweile und Stunden später, lege ich eine kleine Pause ein. Gerade noch rechtzeitig, hoffe ich, erreiche ich das Bad, um alle meine Spuren zu beseitigen, als mich meine Frau mit einem herzhaften Pieck und einem wissenden Augenaufschlag in die Seite stupst. Hier bin ich wohl zu spät gekommen, leichtfüßig bewege ich mich Richtung Küche um meine Krümel zu beseitigen. Auch hier wurde ich ertappt, meine Aphrodite kommt aus dem Bad, liebevoll schiebt sie mich wieder ins Bürozimmer zurück. *„So und hier bleibst Du, ich bin gleich wieder da, schreibe und stelle Deine Playliste auf öffentlich und speichere es ab"* kommt es bestimmend von meiner Frau heraus. Mit einem brummenden 'La vie en Rose' auf den Lippen mache ich es mir wieder auf der Hängematte bequem. Grace Jones wird darauf in meiner Hitliste eingefügt, wie konnte ich nur diese jamaikanische französische Sängerin Grace Mendoza vergessen. Auf Kalliope's Flügeln sitze ich nun in meinen Bürozimmer und unterhalte mich mit mir selbst. Nachdem ich zwei Videos bearbeitet habe, verabschiedeten sich ein großer Teil meiner olympischen Musen. Beim Mittagstisch gesellte sich Klio zu mir. Ja, ich sollte noch eine Geschichte schreiben. Aber erst mal wurde es Zeit für mein Mittagsschläfchen. Am Samstag Nachmittag konnte ich mich an der Fußballbundesliga im Fernsehen erfreuen, bis zum Abend analysierte ich Ergebnisse, ein einfach gelungener Tag ging sorglos zu Ende.

Meine Geschichtsmuse forderte ihren Tribut, schreibend am Sonntag mache ich mir Gedanken zu meiner neuen Kurzgeschichte. Ich wollte schon lange mal wieder was über Musik und Fernsehen schreiben. Rein philosophisch würde ich es aus meiner Sicht schreiben, einfach anfangen zu erzählen, zum Beispiel, wie ich am Freitag von der Arbeit komme und mich auf meine Familie freue und dann meine Leser und Leserinnen mit einem ausgedachtes Thema oder Titel wie „Haben Musen beeinflussende Kräfte?" mit ins Boot holen. So oder so ähnlich könnte es klappen oder ? Am Beispiel von Kamakawiwo'ole (IZ) unnachahmlichen Stimme, würden mir bestimmt meine Sätze nur so über das Papier fließen, vielleicht lasse ich diesmal das Ende offen, wer weiß, schade, daß der Sonntag immer so schnell vorbei geht und uns zu wenig Zeit bleibt für Klio , Thalia und Aphrodite in unserem Leben, nehmen wir uns mal Zeit zum abschalten. Fangen wir den Wochenstart gut gelaunt an und machen uns ein persönliches Montagsbingo mit Dingen, die wir nicht hören wollen. Treffen alle Punkte zusammen, rufen wir lauthals Bingo und gehen früher nach Hause, wäre doch vorstellbar oder ? Das Leben ist zu kurz um es griesgrämig zu erleben.

Gehöre ich zum alten Eisen ? So ein Rentner hat es nicht immer leicht...

Ein Wochenende mal tun und machen was man / sie will. Wer träumt nicht davon. Bevor es soweit ist, bestehen wir alle die zahllosen Hürden die von uns Woche für Woche aberlangt werden. Wir arbeiten viel oder zumindest arbeiten wir die ganze Woche auf das Wochenende hinzu. Am Montag fängt es an, ganz egal ob klein oder groß, jeder steht morgens auf, macht sich fertig und geht in den Tag hinein. Wer nicht gerade krank oder haüslich gebunden ist, versucht in die Schule zu kommen oder sich auf den Weg zur Arbeit zu machen. Was aber machen die Rentner ? Wie sieht hier der Alltag aus ? Zugegeben, ich würde als Rentner am Montag liegen bleiben und einfach nix machen oder würde ich meinem Tag strukturiert beginnen… also es war einmal……..

wieder so ein Montag, an dem ich frei entscheiden konnte, was ich machen will. Erst vor kurzen wurde ich in den Ruhestand versetzt. Vor gut zwei Jahren bin ich zum letzten Mal zur Arbeit gefahren. Nun wache ich regelmäßig ohne Wecker zur selben Zeit auf. Uups, so wie jetzt gerade gegen 05:00 Uhr morgens, Zeit zum aufstehen, dachte ich. Warum nicht mal aufstehen und mich fertig machen und einfach ohne Druck zur Arbeit gehen, kam es mir durch Sinn, einfach an der Pforte stehen und den alten Kollegen einen schönen Arbeitstag wünschen, ein Mann ein Wort, einen Augenblick später stand ich Bad, rasierte mich, ließ den Föhn mein lichtes Haar streicheln und schlurfe in die Küche, machte eine Kanne Kaffee fertig. Mit Blick auf die Uhr war es 06.30 Uhr. Bis hierhin hatte ich zu meinen früheren Zeiten schon 30 Minuten Verspätung, somit längst den Bus verpasst, wäre auch zu spät zur Arbeit gekommen.

Es fiel mir schlagartig wieder ein, warum für mich die letzten Jahren so quälend waren. Das frühe aufstehen, anziehen, den Bus erreichen. Immer in Hetze und in Galopp, keine Zeit mal beim Bäcker zwischendurch einen zu Kaffee trinken, so wie ich es heute mache. Nein dieser Zug ist abgefahren, ich bin nicht mehr so schnell wie früher. Vielleicht sollte ich mir doch den Wecker stellen, einfach nur mal so aus Spaß meine eigene Stechuhr nehmen, schauen ob ich es noch drauf habe und mithalten kann mit den aktiven, noch in Arbeit stehenden Leuten, die jeden Morgen in der Woche aufstehen müssen.

Dienstag, bevor der Wecker klingelt bin ich wach, so gegen 05:00 Uhr, angespornt vom inneren Drang eines Machers, lege ich einen persönlichen Rekord mit waschen und föhnen im Badezimmer hin. Der Teufel steckt im Detail, ich habe meine Klamotten nicht parat gelegt, versuche daher mich mit dem anziehen zu beeilen. Mit schnellen Schritten geht es weiter in die Küche, ich fühle mich vital wie lange nicht mehr, aber die Uhr an der Wand lächelt mich mit Ihren Zeigern milde an. Es ist genau 06:30 Uhr. So ein Mist, beinahe hätte ich es geschafft. Das Ziel vor Augen, gehe ich Sieges sicher zum Bäcker. Nach einer Tasse Kaffee, war ich wieder der Alte, es brodelte in mir, wieso vertrödelte ich nur soviel Zeit mit dem fertig machen. Auf dem Heimweg schmiedete ich schon neue Pläne, wie ich mich in Form bringen könnte.

Mittwoch, der Wecker klingelt, missmutig drücke ich den Ausknopf und rappele mich hoch. Schleppend trage ich mich zum Bad. Wie konnte ich nur diesen morgendlichen Streß gut finden. Warum wollte ich nochmal aufstehen ? Mit leicht verkniffen Gesichtszügen komme ich auf den Grundgedanken meiner ganzen Aktion,

Ja, richtig ich wollte doch mal sehen, ob ich es noch schaffe ein Teil der aktiven Arbeitswelt zu sein. Ohne lange nachzudenken, ziehe ich mich an. Ein letzter Schluck aus der Kaffeetasse, Schuhe an und schon stehe ich vor der Türe. Die wenigen Meter laufe ich gehetzt zum Bus, nun sitzend mit all den Pendlern bei einander, merke ich auf einmal, was mir alles gefehlt hat. Am Bahnhof gehe ich zum Bahnsteiggleis. Als der Zug einfährt, sinniere ich so vor mich hin. Einsteigen oder nicht ? das ist hier die Frage. Wie dämlich kann ich nur sein, ich ließ die Bahn abfahren, erleichtert mit meiner neu gefundenen Erkenntnis, verweile ich noch einen Augenblick am Gleis stehend. Ja, ich hatte es geschafft, ich wäre pünktlich zur Arbeit gekommen. Vielleicht hätten sich die alten Kollegen über meinen Besuch gefreut oder vielleicht auch nicht. Es war mir auf einmal egal. Langsam bemerkte ich, wie mein mir selbst gemachter Streß verschwand. Wem wollte ich denn heute noch was beweisen ?

Donnerstag, mein Wecker summt nicht mehr, da ich die Weckzeit abgestellt habe. Fröhlich stehe ich im Bad, mache mich fertig, hoppelnd betrete ich meine Küche. Der frische Kaffeegeruch weckt mein Wohlbefinden. Pünktlich um 06:30 Uhr geht es ab zum Bäcker. Ich kann endlich loslassen, es hat zwar lange gedauert, aber jetzt kann ich mit Stolz sagen, ja ich gehöre zum alten Eisen. Ich brauche mich nicht mehr abhetzen und Termine wahrnehmen. Ich bin mein eigener Chef und folge nur noch meinen Anweisungen.

Freitag, irgendwo zwischen Hamburg und Niederrhein, also ungefähr 06:30 Uhr in Deutschland, ein zufriedener Rentner dreht seine Runde, kehrt beim Bäcker ein und freut sich auf seine zweite Tasse Kaffee. Herrlich, entspannt kommt er wieder nach Hause. Gut gelaunt nehme ich mir für Samstag und Sonntag vor, mir nichts mehr vor zu nehmen. Naja, es gibt zwar immer noch viele Punkte in meinen Leben mit denen ich noch nicht g a n z abgeschlossen habe. Aber das Thema Arbeit gehört definitiv nicht mehr zum Teil meines Lebens. Ich bin nun zu Hause angekommen und hier bleibe ich auch. Hauptsache meine Rente kommt pünktlich und ich kann zum Bäcker gehen und mir Brötchen holen…und das Leben genießen.

Herr Glossi's Kampf mit der modernen Welt der Banken und Postfilialen

Vorbei die Zeiten der Lohntüten, als der Verdienst noch auf dem Werksgelände oder im Betrieb, der Firma ein oder zweimal im Monat ausgezahlt wurde. So Ende der 50'ziger Anfang 1960 wurden in Deutschland Gehalts- und Girokonten eingeführt. Banktechnisch ein schleichender Fortschritt, entlastend für den Arbeitgeber, da hier nicht mehr soviel Personal in den jeweiligen Unternehmungen parat gehalten werden mußte. Die vielen Lohnbüros verschwanden. Langsam ging eine Ära zu Ende, an denen Arbeiter und Angestellte sich mal schnell einen Vorschuss nehmen konnten, ohne das es die ganze Familie mit bekam. Auf diesen Gehaltsstreifen / gelblich bräunlichen Gehaltsbriefen stand nur die Summe drauf, die man verdient hatte, besser gesagt ausbezahlt bekam. So ein Vorschuss verschwand meistens sehr unbürokratisch oder wurde bei guten Malochern über eine zweite imaginäre Überstundentüte verrechnet. Hier decke ich den Mantel der Liebe drüber, also pssst. Für unseren Herrn Edwin Glossi Senior war diese Umstellung ein Ärgernis, er konnte sich nicht daran gewöhnen, erst zu Bank zu gehen um umständlich Geld abzuheben. Ein Kontoauszug war ein Gräuel, hier sah jeder sofort, was bei Edwin in den Taschen verschwand. Er war es gewohnt, daß seine Frau Leonore am Werktor stand und auf seinen Lohn wartete. Etwas ausgedünnt bekam die liebe Frau dann das gefüllte Kuvert und erwirtschaftete davon den Einkauf, bezahlte Rechnungen, machte Überweisungen. Es war also wichtig für Oma Glossi den geliebten Mann am Werktor abzupassen, bevor der liebe Opa Glossi sich zu viele Mücken heraus nahm, auf den Lohntütenball ging und es verflüssigen konnte, oh wieder mittendrin…es war einmal…

ein Freitag, das Wochenende stand vor der Tür, nach Schichtende wollte ich mir, äh Herr Edgar Glossi, etwas Geld abholen. Er brauchte für sich nicht viel, eigentlich würde es auch noch reichen, wenn er schnell mal am Samstag in die Post springt und den Geldautomaten erleichtert. Auf dem nach Hause Weg vergaß Edgar Geld zu ziehen. Seine eigene Vergesslichkeit brachte Ihn nicht aus der Fassung. Morgen wäre auch noch ein Tag, dachte er sich. Beim Abendbrot durchstöberte er die zugestellte Post. Die Zeiten der Liebesbriefe waren längst vorbei, es schien als wenn sein Briefkasten nur noch für Werbeprospekte und Rechnungen geeignet wäre. Mit gespielter Tragik schlich Glossi die Treppe hinauf, seine Frau lächelte Ihn mitfühlend an, wußte Sie doch was dieser schleppende Gang zu bedeuten hatte. Heute war wieder Überweisungstag für Ihren Mann. In seinem Hängematten Zimmer, sortierte Edgar fein säuberlich die Rechnungen, startete seinen Rechner, wählte sich mit direktem Zugriff auf sein Postbankkonto ein. Es ist ja schon eine schöne Sache, so einfach und bequem Überweisungen zu tätigten, dachte er sich, wenn das noch mein Vater Erwin erleben könnte und meine Mutter Leonore hätte nicht für jeden Zahlschein einzeln zur Bank rennen müssen. Nachdem die erste Überweisung mit den nötigen Angaben versehen war, mit wer, wie viel bekommt, kam die entscheidende Zeile nach Art der auszuführenden Überweisung. Der Punkt mobile Überweisung mittels einer gesendeten Bezahlcodes wurde ausgewählt. In freudiger Erwartung bemerkte Edgar, das sein mobiles Telefon noch in der Jacke steckte. Er spurtete vom ersten Stock in den Keller, da hier Eile angesagt war, denn in 8 Minuten würde die offene Verbindung mit der Postbank gekappt werden.

Eine blöde Sicherheitsauflage, die nun seine ganzen sportlichen Fähigkeiten abverlangten, elegant wie eine Gämse, stürzte er sich die Treppen hinunter, griff wie ein geübter Taschendieb in die Seitentasche seiner Jacke, erklomm im Zweierschritt die Stufen zurück ins Rechnerzimmer, ließ sich gekonnt in seinen Bürostuhl fallen, in Wartestellung mit einem lauernden Handy bewaffnet, mit einem beherzten Fingerwisch wurde das Smartphone gerade noch rechtzeitig aktiviert. Zu spät, der Kontakt zum Konto war bereits abgelaufen. *„Keine Panik, machen wir eben alles nochmal"*, zwitscherte Edgar vor sich hin.

Diese Runde ging an die moderne Welt der Banken und Postgiroämter. Nun sank aber seine gute Laune, denn es klappte gar nichts mehr und es wurde totenstill im kleinen hergerichteten Bürozimmer. Wie gut das diese Blamage keiner mitbekommen hatte, dachte er, nun merkend das seine süße Frau hinter Ihm stand, die mit einer zweideutigen Stimme hauchend: *„Hat alles geklappt"* direkt über sein lichtes Haar hinweg wissen wollte, ob Ihr Göttergatte klar kommt. Edgar ließ sich nicht kirre machen. Erste Schweißperlen bedeckten nun seine Stirn. *„Ja klar Schatz, ich bin gleich fertig"*, mit dem Brustton des siegreichen Gladiators machte Herr Glossi unbeirrt weiter. Seine Mona Lisa verschwand aus der kochenden Brutstätte dieses Raumes, es lag eine Entscheidung in der Luft. Langsam tippend wurden wieder alle notwendigen Zeichen und Buchstaben in das vorgefertigte elektronische Postformular gehämmert. Bei der entsprechende Stelle der Überweisungstransaktion wurde mobiles bezahlen mit Handy angekreuzt. Die offene Verbindung des Postkontos signalisierte Ihm einen Code zu senden. Nach ein paar Sekunden war es soweit, eine quälende Ziffernfolge entfernt und die Überweisung ist getan.

Aber der Teufel steckt im Detail. Anstatt eine erfolgreiche Bezahlung in Empfang zu nehmen, meckerte die Hirn lose Maschine einen fehlerhaften Eingabecode an. Der zweite Versuch wurde gemacht, nun kam es darauf an Mensch oder Maschine: *„Es ist Sparta"* entwich es unseren wahnsinnigen Freund, diese Aktion wurde mit einem zweiten Fehler quittiert. Der letzte Versuch, ganz ruhig, kaum hörbar wurden der Zahlen- und Buchstabensalat eingeben. Der Schlusspunkt in einem großen Finale endete 3 zu 0 für den Rechner. Kreidebleich und stumm saß Edgar auf seinem Stuhl. *„Was ist denn nun passiert?"* ärgerte sich Edgar. Es ploppte ein Hinweisfenster auf ' <u>Ihr Transaktionscode wurde dreimal falsch eingeben, sehen sie bitte unter unseren Sicherheitsbeschreibungen nach, um die mobile TAN wieder zu entsperren.</u>'

Es dauerte bis in die Nacht hinein, als Glossi im Internet das richtige Eingabefeld auf der Postbankseite fand und es mit seinen Daten versenden konnte. Wer schon mal ein Onlineformular ausgefüllt hat und dies nicht jeden Tag macht, kann nach empfinden, wie überflüssig Eingabezeilen sind wie: *„Welchen Brauser benutzen Sie?"*, *„Welches Betriebssystem steht zu Verfügung?","* *Können wir Ihnen weitere Informationen über E-Mail schicken?".* Durch die erlebten Ereignisse ermattet, machte sich Edgar daran ins Bett zu gehen. Er hatte genug „Post und Rechnungen bezahlen" gespielt.

Nach dem Aufstehen am Samstag, packte Mona Lisa Ihren Mann ins Auto und setzte Ihn vor der Post ab. Herr Glossi betrat die kleine Poststelle mit einem mulmigen Gefühl, eine lange Schlange säumte den schmalen Pfad bis hin zum Schalter, im hinteren Bereich, war eine kleine Kabine für Postbankkunden eingerichtet. Vor dieser Zelle warteten schon 3 ungeduldige Kunden.

Glossi sah sich die einzelnen Regale an, um ein Überweisungsformular zu finden. Fehlanzeige, außer Prospekten und Rückscheinen war nichts dabei, was wie Zahlschein aussah. Mittlerweile strömten immer mehr Kunden in die Postfliale. Endlich war die Postbankkabine frei, mit leichten Schritten überwand er seine innere Scheu vor der großen Welt der Finanzen und trat in dieses Zimmer ein. Nachdem die Begrüßungsfloskeln austauscht waren, erklärte die Postbankangestellte die fehlenden Überweisungsformulare. Auf Edgar's Frage: *„Wie lange dauert denn so eine Entsperrung meiner mobilen Transaktionsnummern"* rutsche er bei der Beantwortung dieser Frage fast vom Stuhl. *„So 10 Tage könnte es schon dauern, bis Sie eine Nachricht erhalten könnten".* Sein *„Uff"*, lächelte die charmante Assistenten gekonnt weg. *„Sie können Ihre Überweisungen an unseren Automaten, der im Eingangsbereich steht, kostenfrei erledigen. Im Moment stehen nur 3 Leute an. Das geht schnell, glauben Sie mir".* Mit einem Danke, stellte sich Glossi gleich hinter der kleinen Schlange an, diese Leute erkannte er, denn sie waren alle vor Ihm bei der Postbankfee gewesen. Ein leichtes murmeln war von dem ersten Überweiser zu hören: *„Wie war die IBAN Nummer?"* nervös drückte er im Schneckentempo die Zahlen auf er Tastatur. Nach einer gefühlten Ewigkeit, war der zweite Einzahler dran. Die große Schalteruhr zeigte 11:30 Uhr an. Nur noch 30 Minuten, dann würde der Empfangsbereich geschlossen werden. Als Edgar's Vormann dran war, war es schon 11:45 Uhr. Endlich war Glossi an der Maschine. Ohne lange zu zögern, tippte er wie wild Name, Konto des Empfängers ein, bei der gefühlten 100 stelligen IBAN Nummer, merkte er plötzlich, daß seine Mona Lisa hinter Ihm stand und Edgar mit einem *„Schatz klappt es ?"* kokettierte.

Mit einem letzten Druck auf die Tasten, dem Ausdruck der Überweisung in der Hand umarmte er seine Frau. *„Natürlich habe ich es geschafft, meinst Du ich kenne mich nicht mit dem Überweisungsautomaten aus",* das war ja gerade noch mal gut gegangen, dachte sich Glossi…

Nach gut einer Woche bekam Edgar Post von der Post, sein Entsperrungscode war gekommen. Drücken wir dem glücklichen Glossi die Daumen, das alles wieder klappt und er in der modernen Welt der Banken beim überweisen und bezahlen keinen Schiffbruch mehr erleidet.

Die Mutter ist bekannt, der Vater ungewiß, eine spanische Fliege in der Familie...

Neulich bekam ich Post von der Paßstelle der Stadt. Auf dem Informationsblatt wurde mir mitgeteilt, daß mein Personalausweis und der Reisepass ungültig würden. Bis Ende Dezember diesen Jahres hätte ich Zeit für eine Verlängerung des Persos, beziehungsweise Beantragung eines neuen Passes. Dafür sollte ich ein aktuelles Lichtbild mitbringen, ggf. eine Geburtsurkunde und so weiter... Ich legte den Brief zur Seite und überlegte, was ich alles brauchte um an neue Papiere zu kommen. Beim suchen nach neuen Passfotos, stellte ich fest, das meine Passfotos in der Schublade meines Schreibtisches etwas betagt waren. Meine schmucken Profilfotos waren wirklich schon 10 Jahre alt, nicht gerade neu…..also es war einmal…..

einer dieser Momente, wo man sich selbst wundert, das soviel Zeit vergangen ist. Für meine neuen Pässe brauchte ich also neue Fotos. Wo sollte ich jetzt neue machen lassen ? Eine in jeder Dekade wiederkehrende Frage, wichtig, da ich nicht die Qualität eines Fotoautomaten habe möchte, der Marke schwarz weiß mit Bildpunkten, also werde ich beim Fotografen vorbei schauen. Mit dem Schalk im Nacken machte ich ein paar Probebilder mit meinem „*Händi*". So ein Selbstbild, ein Selfie, reicht doch vollkommen aus oder ? Ich verwarf den Gedanken, ging ich in den Keller, schmökerte in alten Fotoalben. So richtige Fotos auf Papier hatten Stil und jedes einzelne erzählte eine Geschichte. Im Laufe der Jahre, sammelte sich an diesem Ort unseres Hauses alles an, was nicht tagtäglich gebraucht wurde.

In einem Ordner fand ich alle wichtigen Dokumente, meine Geburtsurkunde, dabei fiel mir das Familienstammbuch in die Hände. Dieses kleine Buch hatte schon etliche Jahrzehnte auf dem Buckel. Vorsichtig blätterte ich die ersten Seiten auf. Vater geboren 1917, Opa geboren 1880, Uropa 18…hier konnte ich die Schrift nicht mehr erkennen. Es fehlten ein paar Seiten, auch der Name von dem, der dieses Stammbuch geführt hatte, war mit bloßem Auge nicht mehr zu erkennen. Weitere lose Blätter, Heiratsurkunden, in der Mitte des Buches steckend, ein vergilbtes Papier noch erkennbar das Geburtsdatum vom meiner Mutter, 1922, wann Oma und Opa mütterlicherseits geboren waren, nicht mehr lesbar. *„Hier mußte was getan werden, bevor sich meine liebe Familie in Staub und Luft auflöst"*, sinnierte ich vor mir hin. Ich sollte ein neues Familienbuch anlegen. Die Lust an der Ahnenforschung loderte in mir. Alles noch mal vorn. Meine gefundene Geburtsurkunde legte ich fein säuberlich auf den Schreibtisch. Ich schnappte mir einen Block und schrieb auf, was mir so alles einfiel. Bei der väterlichen Familienlinie war alles geordnet und überschaubar. Väterlicherseits waren vom Uropa bis zu meinem Vater alle in Neustettin geboren. Der Geburtsort meine Mutter war Lankow bei Schwerin, die Geburtsstätte von Oma mütterlicherseits unbekannt. Meine Mutter brachte 5 Kinder mit in die Familie, mein Vater 3 Nachkommen. Ganz klar für den geübten Historiker, hier wurde im Laufe des Lebens mehrmals geheiratet. Ich lag nach Durchsicht der Urkunden richtig, für meinen Vater und meine Mutter war es die zweite Ehe und ich war das Erzeugnis Ihrer Liebe. Meine 8 Halbgeschwister konnte ich mir bis hierhin erklären. Für einen Moment zurückblickend, waren alle meine Geschwister ja schon lange aus dem Haus, als ich in Hamburg 1963 geboren wurde.

Einzelkind in einer großen Familie, nun steckte ich tief in der eigenen Familienchronik, um mich nicht zu verzetteln, kontrollierte ich meine gemachten Anhaltspunkte. Es fiel mir ein, daß mein Vater mindestens einen Bruder und eine Schwester hatte, hier endete der Weg, weiter kam ich nicht. Meine Mutter hatte 4 Schwestern. Meine Oma mütterlicherseits hatte 3 mal geheiratet.

„Moment mal", dachte ich und ging zeitlich nochmal das Jahrhundert durch. Tatsächlich fand ich heraus, das Oma Kinder bekommen hatte, auch ohne verheiratet zu sein. Ein Skandal und das alles zwischen 1910 bis 1921. Ich mußte schallend lachend, da mir plötzlich die Geschichte der spanischen Fliege einfiel.

– Die spanische Fliege, eine Verwechslungskomödie, in deren Verlauf der Geschichte ein junger Erwachsener sich aufmacht, seinen wahren Erzeuger zu suchen und eine Auswahl von vielen in Frage kommenden Vätern in einer Kleinstadt hat. Seine Mutter war eine berühmt, berüchtigte Varieté Künstlern. Eine dieser Väter, erkennt Ihn als seinen Sohn an. Nur um den Skandal zu vermeiden, da die Ehefrau des neu gefundenen Vaters Vorsitzende im ehrenwerten Verein für Anstatt und Sitte ist, kann dieser werte Gentleman seinen außerehelichen Nachkommen nicht anerkennen. Ein anderer Vater aus der selben Stadt sieht sich als den leiblichen Vater des Kindes an, nur ist dieser Herr in der selben misslichen Lage wie sein Vorgänger, er kann seinen Sohn nicht ohne weiteres anerkennen. Über all lauern Hindernisse, die ganzen Familien in den Ruin treiben könnten. Gerüchte und Erzählungen machen in der Stadt die Runde. Das Ansehen in der Öffentlichkeit wird hier in dieser gespielten Posse groß geschrieben. Das Ende des Stückes lasse ich offen.

Wer gerne ins Theater geht, sollte sich ein in Mundart gespieltes Stück aussuchen, da es im gespielten Dialekt besser rüber kommt und die Dialoge eine Priese witziger werden. Natürlich liegt es auch bei den Schauspielern, die das Stück vortragen. –

Ein paar Tage später war ich in der städtischen Anmeldestelle, dem Paßamt. Vorbei die Zeiten der engen Räume und Flure, ein großes freundliches Besucherzimmer erwartete mich, das Ende des Raumes durch eine Trennwand geteilt, hinter dem die Kundenmitarbeiter Ihre Arbeit verrichteten. Ein Wartemarkenautomaten mit großer Aufruftafel, rief mit einem Klingelzeichen die wartenden Leute nach der Reihe zu den einzelnen freien Schalterbeamten auf. Vor mir saßen gut 10 Besucher, vermutlich alle mit dem selben Anliegen. Gemütlich lehnte ich mich zurück und döste vor mir her. Im Geiste studierte ich meinen mitgebrachten Familienzettel. Ich war 13 facher Onkel und ebenso vielfacher Ur-Onkel. Beim besten Willen konnte ich nicht sagen, wo alle wann geboren wurden und meine Mutters singende und tanzende Oma konnte ich nicht mehr fragen. Ganz ruhig, dachte ich, das ist bestimmt nicht so wichtig und spielt gar keine Rolle. Ein Klingeln ertönte, die Nummer der Aufruftafel stimmte mit meiner Wartemarkennummer überein. Mit einem Blick auf mein neues Profilfoto, trat ich in die Amtstube ein. Nach ein paar Minuten waren alle Formulare ausgefüllt und fertig gestellt. Wie gut, daß meine Geburtsurkunde ausreichte um festzustellen, das ich ich bin, vielleicht hätte ich sonst die Geschichte der spanischen Fliege erzählen müssen…

Felsenfest in meiner Entscheidung, Gartenolympiade am Niederrhein

Unglaublich aber es ist wahr, wir haben Oktober und wieder habe ich nicht alles geschafft was ich mir vorgenommen habe, unruhig hetze ich draußen vom Garten in den Schuppen, stelle Gartenmöbel weg, laufe wieder zurück, fege Laubblätter zusammen, fülle damit dutzende Grünschnittsäcke. Mit schrecken stelle ich noch fest, das sich in den Sommermonaten vieles in meiner Abstellkammer gesammelt hat, warum habe ich nicht nur bei Zeiten alles nach und nach weg gebracht ? Es hilft nichts, ich muß noch zum Grünschnitt galoppieren, bevor der Winter kommt. Was mache ich zuerst ? …oh schon wieder mittendrin…es war einmal…

ein Freitag am Ende des goldenen Oktobers. Geistig und körperlich bin ich noch mitten auf Sommer eingestellt, schon kommt der Herbst mit seinen ersten kalten Tagen vorbei. Die Nässe und der Regen zeigen mir, daß es Zeit wird die Sommerklamotten zu wechseln. Meine leichte Kleidung (Hemd und Sandalen) halten die aufkommende Kälte nicht mehr von mir ab. Widerwillig lege ich meine Jacke schon am Garderobenhaken parat, bis zum Schluß wehre ich mich Strümpfe und feste Schuhe anzuziehen. Mit Blick aus dem Fenster, sehe ich den fallenden Blättern zu, wie sie sich alle kreuz und quer auf meinen Rasen verteilen. Es ist auch die Zeit, wenn meine Nachbarn schon seit den frühen Morgenstunden dabei sind alles sauber und winterfest zu machen. Selbst bei Nässe und Regen drehen Sie Ihre Runden und verbannen Blätter und Gehölz vom Fußweg oder der Einfahrt. Die Harken und Rechen quietschen und stöhnen um die Wette, es ist wieder Gartenzeit der Kung Fu Gartenstockträger angesagt, vereinzelt höre ich Rasenmäher und bekomme wieder einmal eine schlimme Vorahnung der besonderen Art. Nein, muß ich wirklich raus und diese allseits beliebte Niederrheinolympiade der Nachbarn mit machen. Als Hüter der Harmonie und letzter Träger des von mir vergebenen 'Liegenlassenordens', versuche ich die einschmeichelnden Worte wie: *„Schätzelein, wir müssen heute mal etwas im Garten machen"* von meiner Göttergattin zu ignorieren. Auch folge ich Ihr nicht bei den ganz lieb gemeinten Aufforderungen a la: *„Schaue mal, die Nachbarn sind schon wieder fertig mit allem"*. Nein, mit mir nicht, ich habe Wochenende: *„Weißt Du was in Wochen - Ende drin steckt?"* grummele ich meine Frau an. Mit der Betonung auf der letzten Silbe, zelebriere ich in meinem Hamburger Dialekt, was mich die ganzen Grünirren, die vor meinem Fenster kratzen und scharren mal alle können. Hier hilft nur die Flucht nach vorne, leichtfüßig gehe ich in den Keller, andere Freigeister flüchten vielleicht nach draußen, ich aber wähle den Unterbau meines Hauses, ein selbst gewähltes Alcatraz für nicht zu Verfügung stehende letzten Männer, Väter und Ehegatten. Hier kann ich murksen, Verzeihung, werkeln, bin ungestört und sicher... na, sagen wir mal für die nächsten 10 Minuten, von der Außenwelt. Meine Frau kennt das, wir sind nicht erst seit gestern zusammen, mit List und Tücke fährt Sie nun die schweren Geschütze auf und geht in die Küche. Im Laufe der Jahre, gleich einer festen Zeremonie wird nun der Heißwasserboiler angemacht. Damit ich auch ja mein Kellerrefugium wieder verlasse, steigen nach gut einer viertel Stunde herrliche Kaffee Düfte hinab zu mir. Das Aroma eines frisch gemachten Kaffeeelixier verfehlten bei mir noch nie Ihre Wirkung. Meine Gemahlin knackt meine letzte wehrige Standhaftigkeit mit einem niederrheinischen 'Bütterken', sprich Brotteller und dann liebe Männer ist es soweit, was soll ich noch sagen, so klappt es immer bei mir, ich erliege der Versuchung einer guten Brotstulle, einer Tasse Kaffee und schon bin bereit für neue Heldentaten.

So gestärkt drehe ich dann meine Runde durch den Garten. Nach mehren glücklichen Stunden an frischer Luft, habe ich es bis zum Nachmittag geschafft. Der Dornröschenweg ist wieder frei. Der Rasen glänzt in herrlicher Pracht. Mit dem auskratzen des Unkrautes in unserer Ausfahrt, setze ich meinen persönlichen Höhepunkt des Tages. Nun auf Augenhöhe mit meinen Nachbarn fachsimpele ich über allerlei Gartengeräte, bin zu scherzen aufgelegt. Es soll ja keiner merken, das ich meine Rückenmuskulatur und andere wertvolle Körperteile seit Stunden nicht mehr spüre. Mit einem inneren Aua mache ich unsere Haustür auf und will wieder mal Luft ablassen über die nicht notwendige Arbeiten, da merke ich doch plötzlich, wie ein herrlicher Kaffeegeruch in meine Nase steigt. Eine samt warme Stimme erreicht mein Ohr: *„Na Schätzelein, Du kommst gerade rechtzeitig, Kaffee ist fertig und wie isses, alles klar bei Dir ?"* *„War ein Klacks"*, höre ich mich antworten. Mein Alabaster Körper schleppt sich in die Küche. Naja Männer, Haltung ist eben alles und solange wir Bütterken bekommen ist doch alles klar oder ?…

Fiete Glossi sucht einen Ferienjob

Germania im November 2015, bald in naher Zukunft, wird es hier keine Mittelschicht oder Handwerk mehr geben. Es ist natürlich nur mein mulmiges Gefühl ganz tief in mir drinnen, bei näherer Betrachtung nicht für mich erklärbar, denn obwohl viele Jugendliche sich geschickt bei der Stellensuche anstellen, klagen die meisten Unternehmen über Nachwuchsprobleme, nur weil viele Betriebe nicht bereit sind Ihre hohen Einstellungsanforderungen an den eventuellen Bewerber zurück zu schrauben. Muß das so sein ? Selbst ich mit meiner langen Berufserfahrung würde heute keine Ausbildungsstelle mehr finden. Dabei fehlt es hier in Germania an Bäckern, Fleischern und Bauern, Verkäufern… Warum ist das so ? Machen wir einen Test, hören und sehen wir uns die Probleme unserer Jugendlichen an. Ganz egal, ob wir in der nördlichen oder südlichen Teil der Hamburg - Niederrheinischen Hemisphäre leben, so zwischen Rhein und Elbe, das Beschäftigungsproblem besteht nicht erst seit gestern. Oh, wieder mittendrin…es war einmal…

ein Freitag vor den Herbstferien, die Schüler und Schülerinnen des Licentia Poetica Gymnasiums freuten sich auf Ihre wohlverdienten Freizeit. Fiete Glossi und seine Freunde hatten endlich wieder Gelegenheit etwas gemeinsam zu unternehmen. Da alle Jugendlichen permanent über zu wenig Taschengeld verfügen, waren Fiete und Freunde diesmal auf der Suche nach einem lukrativen Aushilfsjob. Gemeinsam zogen Sie durch die Stadt und überlegten, was viel Geld einbringen würde. Es könnte also nur eine Frage von Stunden sein, bis Ihre Taschen mit harter Währung gefüllt wären, die Suche nach Arbeit konnte beginnen.

Mit sauberen Sachen, zeitgemäß flott angezogen, wurden das erste schwedische Bekleidungshaus aufgesucht. Die Frage nach einem Aushilfs- oder Ferienjob wurde hier negativ beschieden. Im zweiten Kaufhaus wollte der dafür verantwortliche Angestellte eine schriftliche Bewerbung haben, mit Profilbild und Lebenslauf. Damit hatten unsere Freunde nicht gerechnet. Der Weg zum ersten Geld, war doch mühseliger als erhofft.
Am nächsten Tag wurde das Internet nach 'richtigen Bewerbungsunterlagen' durch gepflügt…

– Wer Kinder hat, wird sich daran erinnern, wie leicht es früher war (vor 1980) einen Praktikumsplatz oder einen Aushilfsposten zu ergattern oder? Ob Gesamt- Haupt- oder Realschule, im Laufe der Jahre hat sich vieles geändert. In meiner Generation reichte es aus, mal alles ab zu klappern. Ich habe am Fischmarkt ausgeholfen, Kisten geschleppt, Zeitungen ausgefahren, schnell mal beim Nachbarn tapeziert, Rasen gemäht. Die damaligen Anforderungen an mich waren leicht zu erfüllen, ein sauberes Hemd, Hose haben damals ausgereicht und schon konnte ich loslegen, sprich Geld verdienen. Nur heute wollen die meisten Firmen eine richtige Bewerbungsmappe, das nenne ich eine vollkommene überzogene Forderung an junge Berufsanfänger, die hier an diesem Beispiel noch zu Schule gehen. Eltern sollten auch nicht den Fehler machen und die Verantwortung auf die verschieden Schulsysteme abwälzen. Wie war das nochmal mit dem Zitat: „Nicht für das Leben, sondern für die Schule lernen wir" oder war es eher „Nicht für die Schule, sondern für das Leben lernen wir" - frei übersetzt nach Lucius Annaeus Seneca, römischer Philosoph - Der springende Punkt, Eltern können Kindern Hilfestellungen geben, müssen es aber auch zu lassen,

daß hier eigene Erfahrungen gesammelt werden, negative gehören dazu.

Zugeben wer schon mal seinen Kindern von seinem eigenen Arbeitstag erzählt hat, wird nicht unbedingt neutral bleiben, läßt die Zukunft da draußen nicht rosarot erscheinen. Aber genau diese Wahrheit verstehen die Jugendlichen. Obwohl wir als Eltern ab einen gewissen Punkt, der Pubertät sei Dank, alle blöd sind, vertrauen uns die meisten Kinder Ihre Sorgen an, wir müssen nur zuhören und auch wenn es schwer fällt los lassen, wenn die 'Kleinen' flügge werden…wo war ich… eins noch in Richtung Arbeitgeber, wer nicht in der Lage ist, Ausbildungsplätze zu schaffen, schadet der gesamten Gesellschaft, wer Subventionen vom Staat annimmt, trägt Mitverantwortung und sollte Lehrstellen anbieten, die nicht erst, wie in den letzten 20 Jahren, vertraglich erstritten werden müssen, genauso halte ich es mit den Unworten Ausbildungsquote oder freiwilliges Berufsbildungsjahr, wenn ausgebildet wird und der Auszubildende keine Chance auf Übernahme im Betrieb hat. Beim Thema Mindestlohn bekomme ich eine Krawatte, das ist aber eine andere Geschichte –

…nun wurden Zeugnisse vielfach kopiert, mit Fotos versehen und die zweite Runde konnte gestartet werden. Die Eltern staunten nicht schlecht, als die eingeschworenen Freunde geradlinig Ihren Plan verfolgten. Es hagelte Absagen vom Getränkehandel, Lichtspielhäusern und Tankstellen. Es wurde aber nicht aufgegeben und hier fühle ich mich (äh, natürlich Herr Edgar Glossi) gebauchpinselt. Auf einmal saßen wir alle im gleichen Boot, Eltern und Kinder zogen an einem Strang. Es wurde sich umgehört, meistens scheiterte es aber am erforderlichen Alter.

Selbst bei den Kaufhäusern, die sich auf Elektronik und Spielkonsolen spezialisiert haben, sprang kein Ferienjob heraus. Dafür wurden die Bewerbungsunterlagen wieder zurück geschickt, das macht auch nicht jeder Arbeitgeber. Am Ende der Herbstferien angelangt, hatten unsere Kinder viel gelernt und was noch wichtiger ist, sie haben zu keiner Zeit den Mut verloren, immer weiter gesucht. Fiete Glossi und seine Freunde werden Ihren Weg machen, da ist sich Edgar und die anderen Eltern ganz sicher. Denn am letzten Samstag gingen Fiete und seine Freunde ins Kino, nicht nur um einen Film anzusehen, nebenbei hat Edgar Sohn seine Rufnummer bei der schönen Kinokartenverkäuferin hinterlassen, falls mal eine Aushilfshilfe gesucht wird und ich ahne da könnte was gehen...

Alles nur Aberglaube, von Häusern und Bettdecken die nachts schlafwandeln

Es gibt Tage und Wochen die kann ich getrost in die Tonne kloppen. Da geht nichts gerade aus, es läuft eben alles schief. Am liebsten möchte ich das Haus nicht verlassen, nur damit nicht noch mehr Missgeschicke passieren. Zu allem Unglück hatten wir in dieser Woche auch noch Freitag den 13'sten. Vorweg, ich leide nicht an Paraskavedekatriaphobie, jedenfalls kann ich mich nicht daran erinnern, denn als optimistisch eingestellter Mensch glaube ich nicht das es schlechte und gute Tage gibt. Eher mehr das da irgendwas nicht erklärbares ist, was wir mit Aberglauben abtun oder falsch interpretierten Gefühlen und Wahrnehmungen. Warum gehen Gegenstände immer an diesem Tage kaputt, verpassen wir unseren Bus oder das Auto springt nicht an und so weiter. Aber was ist wenn wir…wieder mittendrin… Es war einmal…

an einem Freitag dem dreizehnten. Ich wachte auf und merkte plötzlich das mein Elektrowecker nicht rechtzeitig geklingelt hatte. Der Strom war aus gefallen. So ein Mist, mein Adrenalin stieg in die Höhe. Fummelnd und suchend ertasteten meine Finger den Lichtschalter der Nachttischlampe, der nächste Schock, das Licht blieb aus. Meine innere Schaltzentrale meldete sich mit den üblichen kontroversen Möglichkeiten meines Körpers. *„Sollen wir die Flucht- oder Kampfinstinkte aktivieren, Boss?"* überlegend am Bettrand sitzend, machte ich meinem Körper klar *„He, was ist los? gebt mir lieber einen direkten Link zum Kleinhirn, ich brauche eine Idee, wie soll ich jetzt unbeschadet in den Keller kommen".* Im Schneckentempo wurde die dunkle Lage im Zimmer analysiert, wie viele Meter sind es zur Tür?

Vorsichtig machte ich einen Schritt nach dem anderen, erfühlte den Türknauf, ich hörte mein pochendes Herzschlag schlagen, bloß keinen Krach machen, fast geräuschlos öffnete sich die Türe. Bis hierhin hatte ich alles im Griff, nur noch zwei Treppen runter und dann an den Verteiler Kasten: *„Kreativ Abteilung hier, wir brauchen mehr Licht, verdammt dunkel hier", „Der braucht eine Taschenlampe, es sind 28 Stufen bis in den Keller",* meldete sich unaufgefordert mein Großhirn. *„Blitzmerker, hier braucht es keine Kreativität von mir, sondern Mutbubbis aus der Körperkraftlobby, denn die Taschenlampe liegt im Schuppen, ich sag schon mal Prost Mahlzeit".* Auch das noch kam es mir durch den Sinn: *„Soll ich etwas Adrenalin nach legen",* fragte meine rechte Gehirnhälfte und öffnete alle Ventile. Während dessen schafften meine Beine die erste Treppe wie von Geisterhand gelenkt. *„Rechts abbiegen",* kam es aus meiner Kreativecke. *„Gute Idee"* kam es vom Kleinhirn, *„versuchten wir die Schublade mit den Streichhölzern zu erreichen".* Irgendwas behinderte meine Hände, ach ja ich könnte die übergeworfene Bettdecke langsam ablegen, da mir mein Adrenalin so eingeheizt hatte, daß der Schweiß schon den Rücken runter lief. Beim öffnen der Schublade bekam ich die Streichhölzer in die Hände, leider waren meine Reflexe nicht so schnell und die selbst schließende Lade schnappte sich meinen Zeige-Mittel- und Ringfinger. Mit einem *„Aua"* machte ich mich an die Streichholzpackung, unbeabsichtigt verhedderte ich mich dabei in der hinter mir liegenden Bettdecke, mein Balance Gefühl fühlte sich dadurch so gestört, daß es nur noch Richtung Küchenboden ging. Mein eigener Astralkörper setzte die ganzen 115 Kilo Lebendgewicht des Körpers ein. Es gelang mir mit Hilfe von Hüft- und Bauchrollenfülle diesen Sturz unbeschadet zu über stehen.

Nach einer kurzen Weile hatte ich mich wieder unter Kontrolle und zündete mit leicht feuchten Händen das erste Streichholz an. „*He, ich kann sehen*", freuten sich meine Augen. Der linke Zeigefinger, verstärkt durch meinen Daumen melden ein erneutes „Aua" an, das Streichholz war zu Ende gebrannt. Nächsten Schwefelspan anzünden und immer weiter in Richtung Keller gehen. Nun spielte mein Geist eine Scharade mit mir, meine Ohren vernahmen seltsame Geräusche aus dem Schlafzimmer. „*Immer die Ruhe bewahren, ein Problem nach dem anderen alter Schwede*", dachte ich, keinen Zentimeter vom Weg abweichend, so erreichte ich den Sicherungskasten. Alle Sicherungsboxen auf an stellend, konnte nun der Lichtschalter betätigt werden. „*Licht ! Problem gelöst, Glückwunsch Boss*", stammelte die ganze vernapste Oberstübchenmannschaft meines Großhirns. Die Ohren vernahmen wieder Geräusche, diesmal von der ersten oberen Etagentreppe. Mein Herz schlug auf einmal ganz langsam, „*Adrenalin ist alle, nun hilft nur noch der Fluchtinstinkt, rette sich wer kann*", verabschiede sich meine Schaltzentrale. Mit ruhigen Schritten stieg ich die Kellertreppe hinauf. Mit dem 'Leck mich Gedanken' tief aus meinem Bauch heraus, bemerkte ich, daß die Bettdecke nicht mehr auf dem Küchenboden lag. „*Wo ist die Decke geblieben ?*", fragte ich mich Kopf schüttend. Ich hörte wie eine Schlafzimmertür ins Schloß fiel. Seltsam, was spielt sich in diesem Haus ab ? Zum Glück war unsere Küchenuhr Batterie betrieben, es war gerade 03:30 Uhr, also hatte ich gar nicht verschlafen. Mit einem Blick zum Kalender, stellte ich fest, daß ich heute Spätdienst hatte. Als ich wieder im oberen Stock war, schloss ich leise die Schlafzimmertür, legte mich wieder ins Bett, rollte mich in die Bettdecke ein.

So gegen 08:30 Uhr klingelte der Wecker, als wenn es die Stunden zu vor nie gegeben hätte, meine Frau war schon aufgestanden und bereite das Frühstück zu. Etwas ermattet setzte ich mich an den Tisch, nippte vorsichtig an der Tasse Kaffee. Mit einem: *„Na Schatz, sag mal bist Du zum Schlafwandler geworden ?",* wurde ich fröhlich begrüßt. *„Nein, ich habe heute früh die Sicherungen wieder rein gedreht und"*, „….und dabei mir die Bettdecke weggezogen", schmunzelte meine Frau. *„Die hast Du Dir wieder geholt"*, lachte ich Sie an. *„Nein das habe ich nicht"*, sagte meine Frau. Ich merkte wie mein Blutdruck wieder an stieg, leise hörte ich wieder meine innere Stimme: *„Wer hat denn die Bettdecke ins Schlafzimmer gebracht?...*

Advent ist schön, wenn alle es genießen können

Es kann der Frömmste nicht in Frieden leben, wenn es dem bösen Nachbarn nicht gefällt. Manchmal wünsche ich mir die Zeiten der Popper und Punker zurück. Was waren das für gegensätzliche Gruppen. Bestimmt sind heute alle angepaßt, leben friedlich miteinander, haben Pläte mit Mitte 50 und können nur noch aus dem Fenster vorbei gehende Passanten ärgern oder ? Ich verrate mal nicht, mit welcher Modegruppe ich Ende der 1970 'ziger Anfang der 1980 'ziger sympathisierte. Was ist so schlimm daran, wenn ich mal länger Zeit brauche, um richtig klar Schiff bei mir zu Hause oder im Garten zu machen. Richtig meine lieben Leserinnen und Leser, wir sind wieder bei einem Lieblingsthema von mir, Nachbarn und andere Freunde…wieder mittendrin…also, es war ein mal…

ich hatte Feierabend, stehe an meiner Bushaltestelle und genieße meinen wohlverdienten Feierabend, mit einem Blick durch die Fenster des anliegenden Lebensmittelgeschäftes bemerke ich wie alle Kassen geöffnet sind und sich Schlangen von ungeduldigen Käufern bis zum hinteren Teil des Ladens bilden. Was ist passiert, gibt es wieder Rabattmarkenbücher und heute ist der letzte Tag, wo alle Kunden davon profitieren können ? Nee, das kann es nicht sein, was ist es denn ? Endlich kam ein mir bekanntes Gesicht aus dem Laden, voll bepackt mit Tüten. *„Was schleppst Du denn alles an ?"* wie aus heiterem Himmel hörte ich es mich wirklich fragen, obwohl ich sonst nicht neugierig bin. Einen Moment später kam, von meinem befreundeten Rentner aus meiner Straße, seine gehechelte Antwort: *„Man Erdi, Sonntag ist erster Advent, bist Du schon fertig mit dekorieren?". „Was schon Sonntag, da habe ich nur noch 2 Tage Zeit",* echote ich Gedanken verloren zurück.

Wer mich kennt, weiß das ich mich nicht wirklich dafür interessiere was für ein Tag ist, geschweige denn, lasse ich mich nicht durch besondere Daten und Jahreszeiten vereinnahmen und kaufe ein als wenn es kein Morgen geben würde. Ich bin nicht gerade preußisch und typisch deutsch aufgewachsen, in meiner gelassene Hamburger Art habe ich schon manchen Sturm gesehen und mich nie aus der Ruhe bringen lassen. Willi der Rentner bohrte niederrheinisch weiter. *„Wie Du bist noch nicht fertig ?, sag bloß die Gartenbeleuchtung steht noch nicht."* Der Bus rettete mich für einen Moment. Nachdem wir unsere Sitzplätze eingenommen hatten, konnte ich mir Willi verknüpfen. *„Nein, ich bin nicht fertig geworden, da ich noch das ganze Laub weg fegen muß und ich es auch nach alter Männersitte alleine zum Grünschnitt weg bringe".*

„Falls Du es wissen möchtest, fahre ich alles alleine mit dem Rad weg" mit diesen Worten setzte ich einen Schlußstrich und beende die gemeinsame Kommunikation. Die weitere Fahrt verlief nun ruhig und still. Meine Frau würde wieder sagen, daß ich mal wieder übertreibe. *„Sei es drum, ich bin ja auch nicht von hier !",* wie man hier am Niederrhein immer so schön sagt.

Am nächsten morgen, schob ich die Rolläden hoch, es hatte in der Nacht etwas geweht, was ich gerne mit 'ein laues Lüftchen' bezeichne, ist hier am Niederrhein immer gleich ein Sturm. Auf der gegenüberliegenden Seite zu den Nachbarhäusern hin, hatte der Wind etliche Beleuchtungssysteme, Weihnachtssterne und Leuchtteppiche von Hecken und Terrassen gefegt. Schnüre und Leuchtbirnen lagen kreuz und quer bei meinen besonderen Freunden verteilt. Ich erspähte aus dem Fenster schauend den Wolfgang, einen lieben Gartenfreund, wie er im Buche steht, für 'Wolle' brach gerade eine Welt zusammen. Alleine könnte er es bis zum ersten Advent nicht schaffen, alles wieder auf zu bauen, was da in seinem Garten an Lichter Ketten lag. Meine Stunde war gekommen, schnell zog ich mir meine Klamotten und ging schnurstracks zu Wolle. Ohne zu klingeln machte ich mich daran die Lichter Ketten sorgsam wieder an den vorgesehenen Haken im Garten zu befestigen. Als ich fast fertig mit meiner guten Tat war, machte mein Nachbar die Tür auf und betrat sein verwüsteten Vorgarten. Er freute sich über meine Hilfe, leise und ohne Worte verließ ich Wolle.

Heute am ersten Advent, bin ich immer noch nicht fertig mit dekorieren und schmücken des Adventskranzes, mir fehlen noch etliche Glühbirnen, ja ich gebe es zu, auch habe ich nicht alle Kerzen beieinander, aber mich stört es nicht. Für mich ist es was besonders, wenn in dieser Zeit alles friedlich und gelassen ist, keiner meckert und jeder gesund auf ein schönes Jahr zurück blicken kann.

In diesem Sinne wünsche ich jedem, ob alleine, in Beziehung stehend, samt Freunden und Familie eine ruhige Vorweihnachtszeit.

Herr Glossi hat Schnupfen und die Arbeitskollegen verstehen kein americano

Wer in Firenze mit Influenza verwechselt ist ein armer Wicht, entweder er oder sie ist keiner Fremdsprache mächtig oder steckt mitten in einer Erkältung und gehört ins Bett. Herr Glossi wäre lieber in Florenz in einem schönen Hotel mit Aussicht auf den Arno, an der Seite von Florentina, sprich seiner Ehegattin Mona Lisa gewesen, als sich mit einer Grippe zu plagen, nun mußte er liegen und sich ausruhen. Er wäre auch zu Arbeit gegangen, nur nicht bei Krankheit. Vom Arzt mit einem Krankenschein nach Hause geschickt, mußte er sich ein paar Tage lang eine Auszeit nehmen. Es ist ärgerlich, daß Herr Glossi sich schon wieder bei seinen lieben Arbeitskollegen angesteckt hatte. Aus unerfindlichen Gründen nehmen sich seine Arbeitsmitstreiter keinen Krankenschein und gehen lieber mit Fieber und Grippe zur Arbeit. Es stimmte Edgar traurig, daß die meisten Mitmenschen nicht an die Folgen Ihres Handeln denken und ohne Rücksicht auf Verluste alle anderen Personen anstecken…wieder mittendrin…Es war einmal…

einer solchen Tage, an dem sich Glossi wünschte, daß es mehr Rücksicht unter den Kollegen geben würde. Er mußte am eigenen Körper immer wieder selbst erfahren, daß seine Mitmenschen auf der Arbeit rücksichtslos handelten, wenn es um die Gesundheit der anderen ging. An die Karrieristen, die sich immer lieb Kind beim Chef machten, hatte sich Glossi längst gewöhnt. Wehe, wenn einer wie er mal krank zu Hause lag, dann wurde sofort eine Gerüchte Kampagne in seinem Großraumbüro gestartet. Wer kennt es nicht und lästert nicht mit, meistens geht es mit kleinen harmlosen Fragen los, in der Art: *„Was hat er denn ?" „Ach es ist ja nur Schnupfen, er soll sich nicht so anstellen".* Je nachdem wie der Chef in die Kerbe haut, was der Boss dazu sagt, ist entweder Ruhe in der Arbeitsgruppe oder es kommt ein lieb gemeinter Nachschlag vom Team: „Schön das Du wieder da bist, ich mußte Deine Arbeit mitmachen", wenn man / sie sich gesund zurück gemeldet hat. Herr Glossi war klar, das er in seiner Situation nichts dagegen machen konnte, wie seine lieben Arbeitskollegen in seiner Abwesenheit über Ihn redeten, mit Fieber im Körper lag er in seiner Hängematte und versuchte so schnell wie möglich wieder zu gesunden.

Bis es soweit war und Edgar wieder arbeiten konnte, versorgte seine Frau Mona Lisa Ihren Schatz liebevoll. Eine Grippe wurde bei der Familie Glossi seit Generationen wie folgt behandelt. Erst mal tüchtig den Körper aufwärmen, so das Ritual, dann stand eine Schwitzkur an. Dick eingewickelt lag Edgar nun regungslos in seinem Bett und wartete geduldig, das diese Tortur vorüber ging, danach folgten unzählige Kannen Tee. Ganz gleich ob ein Virus oder eine bakterielle Hemmnis, es wurde alles im Hause Glossi ausgespült. Das war schon Tradition, so nach dem Motto: *„Oma sagte immer, nichts außer schwitzen und trinken hilft, denn ist der Körper von innen und außen gereinigt, hat der Teufel keinen Platz, wo er sich wohl fühlt."* Nach einer nicht durch schlafenden Nacht wurde frühmorgens immer das Bettzeug gewechselt und Edgar durfte dann diese neu eingedeckte Pritsche nicht mehr verlassen. *„Dösend mitten im November kann man auch mal ruhig ein paar Tage im Bett aushalten"*, mit diesen Worten verließ Mona Lisa Ihren Gatten in Richtung Küche, um eine Hühnerbrühe zu kochen. Damit es nicht so unendlich langweilig für Edgar wurde, hatte Fiete seinem Vater einen kleinen Beistelltisch mitsamt Notebook hergerichtet.

So hatte der Papa etwas Abwechslung und konnte seinem Hobby nach gehen, indem er kleine Clips auf seinem Musikkanal einstellte. Musik war seine erste Liebe, ob italienische Tarantella, Samba, Oper, ein breites musikalisches Spektrum wohnte im Oberstübchen von Glossi Senior, ein unerschöpfliches geistiges Material, war jederzeit abrufbar. So schnitt er seine Videoclips zusammen.

Mona Lisa konnte mit dieser Trivialmusik nichts anfangen, für Sie gab es nur Hardrock oder ernste Musik, dazwischen gab es nichts. Auch der mediale Kult, der mit der Schauspielerei und seinen Darstellern gemacht wurde, war Ihr zu wider. Regenbogenpresse und Klatsch waren bei Ihr fehl am Platze. Schlau wie temperamentvollen Frauen nun mal sind, gönnte Sie Ihrem Mann sein Hobby, wohl wissend, das Sie keine Konkurrenz ala Bo, Sophia oder Ornella Muti zu befürchten hatte. Sie hörte Ihren Mann, wie er immer wieder „We speak no americano" summte. Ein untrügliches Zeichen, daß Edgar wieder irgendwas ausbrütete und demnächst ein neuer Videoclip entstand. In der Tat mixte Herr Glossi mit seinen einfachen Möglichkeiten das oft kopierte Renato Carosone Lied mit Bildern und Filmausschnitten von Sophia Loren zusammen. Endlich war der Clip fertig, gut gelaunt fragte er seine Frau, ob sie nicht Lust hätte sein Video 'Sophia spricht kein amerikanisch' anzusehen. Das kleine Kunstwerk war gelungen, zufrieden machte Edgar eine Pause, als plötzlich das Telefon klingelte. Der Chef von Glossi war an der anderen Seite der Leitung, Edgar wurde sehr sich ruhig, Mona Lisa hörte ein knappes: *"Ja ich komme, mit der Prämisse früher zu gehen",* von Ihrem Mann, *„Was ist los Schatz",* bohrte ungeduldig wartend Mona Lisa nach.*"Ich gehe am Samstag zur Arbeit",* knurrte Edgar zurück. Was war passiert?

Ganz einfach dem Chef war aufgefallen, das Glossi's Krankenschein nur bis Freitag attestiert war. Laut Plan mußte Glossi am Samstag arbeiten. Sein Vorgesetzter hätte Ihm mit Leichtigkeit sofort frei geben können, aber aus Prinzip gab der kleine Boss nicht frei, es herrschte der Nasenfaktor des kleinen Arbeitgebers. Edgar wollte keinen validen Grund für arbeitsrechtliche Sanktionen schaffen, sprich eine Abmahnung von seinem Chef erhalten. *„Das Betriebsverfassungsgesetz, Mitbestimmung von Betriebsräten wird solange gebeugt bis keiner mehr zu Arbeit kommt, das ist aber ein anderes Thema",* dachte sich Herr Glossi. Am Samstag war er auf der Arbeit, sein Großraumbüro war leer, kein weiter Mitstreiter kam bis 07:30 Uhr zum Dienst. Er setzte sich an seinen Platz, erledigte die wenigen Aufgaben die an standen. So gegen 09.00 Uhr war Herr Glossi immer noch allein. Es wurde langsam Mittagszeit, alles fertig: *"Natürlich hätte das auch alles Montag erledigt werden können",* sinnierte Edgar vor sich hin. Nach einem kurzen Telefonat mit dem Chef vom Dienst, konnte Edgar früher nach Hause gehen. Als der Montag kam, begrüßten die Kollegen Herrn Glossi überschwänglich freundlich, sie erzählten, das seine ganzen Aufgaben von Ihnen mit gemacht wurden. Mit einem Lächeln quittierte Edgar die Antworten seines Team, als wenn er nicht wüßte was gemeint wäre, summte er : „*We speak no americano !*"

John Glossi, die unbekannte Schöne, vergessene Bontje in der Süderelbe

Ein Hauch von Chanel...

Wieder stand ein Wochenende an, missmutig schlenderte John zu seinem Bürocontainer. Beim öffnen der Tür stieg Ihm ein Mix von abgestandener Luft und altem Nikotin Qualm in die Nase. Er betrat sein heimeliges Zuhause, hier hatte schon lange keiner mehr sauber gemacht, seit Anfang der 80'ger hatte sich nicht mehr viel geändert. Transistorradio und Röhrenfernseher machten es etwas behaglicher in diesen quadratischen Räumen. Sein alter Kühlschrank, seine Funkanlage hatten schon besser Zeiten gesehen. Seine Detektei lag an einem Seitenarm der Elbe, in einer Sackstraße des Rüschkanals. Der Blick rüber nach Teufelsbrück konnte Ihm keiner nehmen. Dafür mußte er bei Hochwasser nur aufpassen und eine Fahne hissen, wenn die Uferbefestigung drohte überspült zu werden. Seine Fahne war immer gehisst, teils war er zu faul einen Blick aus seinem Fenster zu werfen, um zu überprüfen, wie hoch das Wasser stand. Der andere Grund war mehr für seine Eigenwerbung gedacht. Alles abgeklärt mit den Ordnungsamt Finkenwerder und der Hamburger Wasserschutzpolizei. Man kannte John als einen ehrlichen und robusten Haudegen…oh wieder mittendrin…Es war einmal…

ein Freitag, der Jolly Roger wehte leicht zerfetzt vom Dach der alten Detektei John Glossi runter. Eine leichte Brise drückte die Elbe in den Kanal hinein. John ließ seinen Blick über dem Rüschi streifen. Die nasskalte feuchte Luft legte sich auf seine alte Lederjacke nieder.

Bei so ungemütlichen Wetter half nur ein Lütt un Lütt um unbeschadet und gesund durch die anhaltende Nässe des Hamburger Schietwetters zu kommen. Sein Kühlschrank im hinteren Teil seines Kombi Büro- und Schafcontainers war fast leer gefegt. Mit einem Schluck aus der letzten Buddel Doornkaat, einer Flasche Astra Bier konnte er rein medizinisch gesehen nichts gegen einem aufkommenden Schnupfen ausgerichteten. So unbewaffnet und trocken in der Kehle wollte er nicht auf dem Schlafsofa ein nicken, er gab diesem heimtückischen Bakterien keine Chance. Auf direkten Absatz machte er kehrt, warf sich seine Jacke wieder über, verschloss seine quietschende Haustür und ging Richtung Cafe Bauer. Einmal den Rüschweg runter, mit Blick auf die Bushaltestelle, hier stand die nicht sehr vertrauen erweckende Spelunke. Er fühlte sich wohl hier, je nachdem wie seine Laune war konnte man in diesem Schuppen knobeln oder einen scharfen Ramsch spielen. Mit einem nickenden *„Moin"* begrüße er die anwesenden Gäste im Lokal. John setze sich an seinem üblichen Platz in der Ecke am Tresen. Wortlos schob Ihm die Bedienung Alex einen Doornkaat und einen halben Astra rüber. Sie kannten sich schon aus Kindertagen, waren zusammen zu Schule gegangen. Nach einem richtigen Zug aus der großen Astra Flasche lächelte er Alex an. Sie kam näher und gesellte sich gegenüber der Theke zu Ihren Freund Glossi. *„Na min Deern, allens klor ?",* fing John die vertraut klingende Kommunikation an. *„Wart mol min Schieter, ick mut noch de 3 Sehleute beschicken"*, sie stand auf, brachte Ihre V-Takelage in Ordnung und servierte den drei auswärtigen Quitschern noch eine Runde Bier. Gekonnt schlängelte Sie sich wieder zu John. An diesem Abend war nicht viel los, nun bekam Glossi einen herzhaften seuten aufgedrückt und Susi setzte die Unterhaltung fort. *„Der alte Walter war hier" „Finger Walter ?"*, unterbrach John Alex, *„Ja Finger Walter, laß mich mal weiter erzählen. Also, Walter fragte nach Dir, wollte wissen, ob Du noch den alten umgebauten Schlepper vom Deinem Vater Edgar hast."* „Hmmh", brummte John ohne seine Herzdame zu unterbrechen, *„Du solltest Ihn mal anrufen", „Das war es ?"* fragte John nach, Alex quittierte es Kopf nickend und stellte Ihm ein neues Gedeck hin. Was wollte Walter von John, grübelnd kamen Ihm einzelne erlebte Erinnerungen hoch, von ehemaligen Zeiten, als die Rüschsiedlung noch stand, vom Rüschi, der Süderelbe, als er mit Andreas, Walters Sohn, gemeinsam angelte. Man war das lange her, sein Vater Edgar hatte Walter damals 1962 kennen gelernt, sie arbeiten gemeinsam in einer kleinen Schlosserei, an der Eindeichung der Süderelbe. Nach der Sturmflut wurde der Elbearm dicht gemacht. Nun konnte man nur noch über den Köhlbrand den südlichen Teil von Finkenwerder erreichen. Komisch was wollte Walter nur? Nach ein paar weiteren Gedecken fühlte sich John medizinisch gesehen gut gerüstet gegen Wetter, Kälte und Schnupfen. Bevor er sich verabschiede, nahm er sich von Alex noch ein paar Flaschen mit, dann ging es gemütlich nach Hause. Aufkommender Nebel entlang des Rüschkanals begleiten Johns Gedanken. Vereinzelt hörte er Schiffsmotoren tuckern, die kleinen Jollen und Boote lagen ruhig im Wasser. Glossi sah noch mal in seinen Briefkasten nach, ein paar Prospekte, Rechnungen zwei kleine Zettel, mit ... er konnte es nicht richtig erkennen. Nachdem er die Tür aufgemacht hatte, nun bei Licht sah er sich die Post genauer an. Die Rechnungen legte er auf den Tisch, die Reklame legte er an den betagten Kohleofen, seine ganze Aufmerksamkeit schenkte er den beiden Zetteln. Auf einem erkannte er die Schrift, leicht verwackelt, da es als Rechtshänder mit der linken Hand geschrieben von Walter stammte, seine Bitte nach Rückruf und seine Handynummer standen darauf. Der zweite Zettel war fließend, in schnörkelige Schrift verfasst, ein leichter Hauch von Chanel Nr.5 streifte seinen Geruchssinn. *„Herr Glossi, ich möchte sie morgen um 10:00 Uhr gerne aufsuchen, vielleicht könnten Sie mir in einer verzwickten Lage weiterhelfen. Ciao Luana Branduardi".*

John Glossi legte die Notiz neben Walter's Zettel auf seinen Schreibtisch, wer war Luana Branduardi ? und wie konnte er Ihr helfen ?

...Walters Gedanken

„Hoffentlich kann der lütte John meine Schrift lesen", mit achter sinnigen Gedanken und durchwachsenen Gefühlen machte sich Walter wieder zum Süderdeich auf, ein gutes Stück durch einen diesigen Novemberabend, der es heute in sich hatte. Elbe abwärts des angelegten Rüschparks nahm der aufkommende Nebel das ganze Gebiet bis zum Neßdeich in seinem Besitz. Um jede spärlich aufgestellte Straßenlaterne bildete sich ein glasiges Milchauge. Motorgeräusche waren auf der Straße zu hören, langsam fahrend kam ein Auto näher. Für einen kurzen Moment blickte Walter auf den vorbei fahrenden Wagen, bevor dieser wieder in der dicken Nebelsuppe verschwand. Hinter her schauend versuchte Walter die Automarke heraus zu finden: *„ Ein Mini, ein Fiat, 'ne 500'er Knutschkugel, alles nicht mein Fall".* Ziemlich durch froren stieg er in den 150'er an der Nordmeerstraße ein, knappe 3 Minuten später erreichte der Bus die Westerweiden,

noch den Weg runter zum Süderdeich: *„Ist een Klacks för'n Hamburger Jung"*, fröhlich summte Walter vor sich. Zu Hause angekommen, konnte ihm der smüsche Regen nichts mehr antun. Zu sich selbst sprechend: *„Nu hebbt wi Tied in de Komood to moelen"*, holte er seine Seekiste hervor. Alte Fotos, Bauzeichnungen von Schottelschleppern, Taucherhandschuhe, Diplom der Industrie- und Handelskammer … Tauchermeister Walter Janz… erblickten nach Jahrzehnten langer Ruhe wieder das Tageslicht. Vergilbte Lohntüten von der Schlosserei Michel Föltz, stimmten Walter verdrießlich: *"Verdammte Absperrung Süderelbe, hat mich meine rechte Hand gekostet, ein Stück Zeigefinger und meine Daumenkuppe. Ick ward op ewig een Deel vun de Elv blieven"*. Er hatte genug gesehen, die Erinnerung kam wieder, wo die süderelbischen Werften lagen, wie es zu seinem Unfall kam. Er arbeitete damals mit anderen Schlossern und Bergungstauchern an der Abdeichung der Süderelbe zwischen Neßsand und dem Müggenburger Loch. Bei der Sicherung eines Blechstücks, das am Elbegrund an einem Stahlposten fixiert werden mußte, hatte sich ein Drahtseil um seine rechte Hand verheddert. Die auf Slip gelegte Schlinge zog auf einmal blitzschnell an. Zu spät bemerkten die Kollegen was geschehen war, sie konnten die Seilwinde am Bergungsschlepper nicht mehr rechtzeitig stoppen. Auf dem Transport ins Harburger Krankenhaus am Eißendorfer Pferdeweg wachte er für einen kurzen Moment auf und beteuerte seinem mitfahrenden Boss *„ist allens verteut Michel"*, bevor er endgültig in Ohnmacht fiel. Danach war er nicht mehr der Alte, hatte seitdem immer wieder körperlich und seelische Ausfälle, Monate lang arbeitsunfähig, so das er sich in dieser Zeit auch nichts *„swatt"* dazu verdienen konnte. Dabei standen die Werftbesitzer Schlange an seiner Tür, kaum das er zu Hause angekommen war, machten Arne Olker und Paul Siter Walter Janz klar. daß sie auf seine Hilfe angewiesen waren. Wie gut das Edgar Glossi und Giorgio. die kleinen Gefallen an der Süderelbe vorbereiteten konnten, bis er wieder einigermaßen hergestellt war.

Draußen war es Stockdunkel geworden, Walter merkte nun, wie er langsam müde wurde. Nach dem aufstehen morgen, wollte er als erstes nach den Finkenwerder Bontjes an der Süderelbe suchen. Dann mit John sprechen. Edgars Sohn kannte die Süderelbe, das jetzige Naturschutzgebiet bestens. Zu dumm das so viele Jahre seit 1962 vergangen waren. Kaum erkennbar, schaute Walter auf die Flussboje, die in seinem Garten eingebettet war. Auf der Boje stand eine Koordinate N53° 31′ 42.388″ E9° 49′ 39.99.

„Gut, wenn man weiß, wo alles angefangen hat", Walter legte sich abgespannt ins Bett und schlief sofort ein.

...Gartenfest 1961

Ein herrlicher Sommertag an der Süderelbe, so um 1961 stand in Adi Balbers Haus eine Gartenparty an. So was war immer eine gelungene Abwechslung in Finkenwerder, mit befreundeten Werftbesitzern wie Arne Olker und Carsten Külln herum sitzen, beide gleichzeitig auch direkte Konkurrenten von Balbers, dazu noch Nachbarn, ortsansässige Zulieferer einladen, mal die Sorgen und die harte Arbeit für einen Nachmittag ruhen zu lassen.

Adi legte viel Wert auf intakte geschäftliche Beziehungen, ein Nachmittag mit „dale apen in sien lütten Huus" war angesagt. Macher und Arbeiter saßen gemeinsam unter einem Dach, ein bunter Haufen von Leuten aus Altenwerder, Finkenwerder, keiner blieb vor der Tür stehen. Selbst Paul Siter von der Este kam aus Neuenfelde mit seiner Truppe vorbei um zu feiern. Im Verlaufe des abends erschien mit Jan Friede, leicht verspätet der letzte Werftbesitzer aus dem Süderelbe Raum.

Er hatte einen speziellen Gast aus Fuhlsbüttel abgeholt. Fiete Buschmann war mit seinem neuartigen Schiffsantrieb viel unterwegs. Fiete freute sich auf diese einmalige Gelegenheit, seinen Podantrieb vorzustellen. Der gesamte Schiffsbau in Norddeutschland befand sich im Umbruch, es wurden immer mehr Stahlschiffe gebaut und diese Entwicklung machte auch nicht vor den heimischen Fischkuttern in Finkenwerder halt. Die anwesenden Werftbetreiber verzogen sich, anführt von Adi, in die gute Stube, lauschten gespannt dem Vortrag von Fiete. Schnell erkannte Jan Friede und Carsten Külln die Möglichkeiten, die sich den kleinen Werften boten. So neigte sich ein interessanter Abend dem Ende zu, klönend wurden noch etliche Bierchen getrunken, jeder freute sich auf gemeinsame gute Geschäfte.

Die letzten Gäste verabschiedeten sich mit einem *„Hol jo stief"*, winkten den feinen Herren zu und sahen, wie Adi, Paul und Jan Skat spielten. *„De grandessigen Dassels woren begäng an grooten Disch"*. An diesem Abend wurden „in kleinen Gruppen" die Anteile am gemeinsamen Projekt 'Schleppdampfer mit Podantrieb' an der Süderelbe ausgespielt.

Paul hatte Glück und gewann das Recht den Schlepper in Neuenfelde zu bauen, Adi ramschte sich die Anteile für den Einbau des Motors zusammen. Am frühen Morgen stand Jan als Verlierer fest, nun hatte er für die Forschung und Fertigstellung zu sorgen. Die anderen Moker's bekamen wichtige Nebenarbeiten ab. Die kommenden Zeiten zeigten, wie es mit der HF Fischkutter Fangflotte weiter gehen sollte. Arne Olker brachte Fiete Buschmann wieder zum Flughafen. Wenn alles nach Plan verliefe, würden sie sich alle wieder im Sommer 1962 zum Stapellauf des ersten Schiffes wiedersehen.

Ein paar Tage später schritten Edgar Glossi und Walter Janz die Uferböschungen an der Süderelbe ab. Mit ein paar Holzstäben prüfen sie wie tief die Elbe an den verschieden Uferstellen war. Von den Reusen am Storchennest bis zur Ausfahrt in den Hauptarm der Elbe waren auf knapp 400 Metern drei Werften verteilt. Am Ende der Süderelbe ankommen trafen sie auf Giorgio Branduardi, der sich mit Besenstiel und krumm gebogenen Nagel bewaffnet daran versuchte sich sein Mittagsessen zu angeln. *„Buongiorno mi amici"*, kam es von Giorgio, *„Wat hett he seggt?"*, kam es von Walter rüber, *„Salve mio amico",* kam es von Edgar heraus. *„Na dann man tau"*, erwiderte Walter ohne weiter auf die Kommentare der beiden einzugehen. Man kannte sich schon eine Weile und neckte sich gerne. Branduardi hatte in den frühen Morgenstunden die Slipanlage samt Gelände von Arne Olker neu vermessen.

Er berichte seinen Freunden, daß noch viel Arbeit auf sie zu kommen würde, bis die Bautenzüge an den Seilanlagen zum heben und senken in der Länge an das Gewicht der Stahlschiffe abgestimmt waren.

„Die Helling ist nicht das Problem, der Helgenbock, der Holzschlitten, die Rampen müssten verlängert und die Unterbahnen alle verstärkt werden. Wie sieht es mit der Böschung aus ?". Neugierig schaute Giorgio in die Runde. „Allens klor", machte sich Walter Luft, „die ganze Uferseite muß mit Stahlträgern geflechtet werden, dagegen war der Bau der Abdeichung des Ijsselmeer ein Klacks, würde mein alter Herr sagen". In diesem Moment schwammen einzelne Holzlatten an Ihnen vorbei. Walter kam aus dem schmunzeln nicht mehr heraus, hatte Edgar doch behauptet, daß die tatsächliche Versandung der Süderelbe nur ein Gerücht sei und ein paar eingerammte Stahlhaken im Uferboden ausreichen würden um sicher die Stahlschiffe ins Wasser zu lassen. „Ich muß mal darüber nach denken", meldete sich Giorgio wieder zu Wort: „Wie wäre es, wenn wir die Unterbahnen länger ins Wasser lassen und mit flut baren Containern justieren?", „Meinst Du mit Pallen ? Wie im Trockendock 17 ?", mischte sich Edgar ein: „Das klingt genauso banal wie der hohle Balkenkiel bei den Dampfern, womit wir unsere Bontjes transportieren. Wir müssen uns mit den anderen aus Fanø und Rosslare unterhalten, damit wir die Zeichen passend haben. Hoffentlich klappt es und wir bauen wieder Typen gleiche Fischkutter", resümierte Walter.

Heute wollte kein Fisch mehr anbeißen, man trennte sich und informierte seine Auftraggeber. Hoffentlich fiel Jan Friede was zu den ersten Antriebszeichnungen von Fiete Buschmann ein, was noch wichtiger war, wo sollte man nun die Diamanten platzieren ?

...die unbekannte Schöne

Mit Kreuzschmerzen leicht zerknittert vom gestrigen Abend wachte John auf seinem knarrenden Schlafsofa auf. Übellaunig kurbelte er die Jalousien hoch und blickte nach draußen. Sein VW Pritschenwagen, vor seinem Container stehend, war im Nebel kam zu erkennen. Schlurfend schleppte er sich zum Kohleofen, gerade noch rechtzeitig konnte er die letzte Glut neu entfachen. Nachdem sein Wasserkocher eine Kanne Kaffee fertig gebraut hatte, wurde es langsam behaglicher im Container. Sein Handy zeigte 09:45 Uhr an, Ihm fiel der Termin ein, gerade noch rechtzeitig war er in seinem Bad, das eher an eine Nasszelle glich, fertig geworden. Zum Zähne putzen reiche es nicht mehr, da es an seiner Tür klingelte.

„Good Morning Mr. Glossi, I'am Cia, oh, Entschuldigung, ich bin ja in Hamburg, do you speak english ? mein deutsch ist etwas verfroren, haben sie meine Notice bekommen ?", die schnell gesprochen Sätze der hübschen Lady prasselten nur so auf Glossi ein. Zu viele Informationen auf einmal, John's Gesicht mußte erst mal aufklaren.
„Halt, speak slower please, come in, nehmen Sie Platz und dann noch mal langsam von vorne", kam es von John. Mit einer einladenden Handbewegung zeige er auf den geschäftlichen Teil seiner Räume. Eintretend und leicht neugierig schaute sich Cia um. Der Container sah nicht sehr Vertrauen erweckend aus. War das der richtige Mann den sie suchte ? Was hatte sich Ihre Mutter nur dabei gedacht, daß Sie hier her kommen sollte. Aber nun wollte Cia das Beste daraus machen, kramend in einer Gucci Handtasche, fingerte Sie Nationali Filtro hervor, Luft verschluckend beim ersten Zug an der Zigarette, leicht räuspernd fur Sie fort: *„Mister Glossi, ich habe hier eine Zahlenkombination mit der ich nichts anfangen kann"*,

damit reichte sie John einen weiteren Zettel. Es standen die Koordinaten 52°15'20.0"N 6°20'04.0"W darauf, *„Segeln Sie Frau …"*, weiter kam Glossi nicht, denn mit einem schnellen *„Nennen Sie mich Cia"*, unterbrach sie Ihn. Ein klingeln störte die aufkommende Konversation. Hastig griff Cia in Ihrer Tasche zog Ihr Smartphone heraus, begann übergangslos das Telefonat zu führen.*„Momento, … Si,…non capisco…Mom, wait a moment, i can explain you ….",* John wollte bei diesem Gespräch nicht stören, er trat vor die Tür, ebenfalls zückte er sein Handy und wählte die Nummer von Walter an, dabei bemerkte er einen kleinen roten italienischen Flitzer, der parkend an seinem Container stand. Mit einem *„Oh was haben wir denn hier schönes"*, steuerte Glossi langsam auf den mit Verdeck zugeklappten Alfa Romeo Spider zu. Da Walter Janz nicht zu erreichen war, beende er den Verbindungsversuch. Dank seiner geschulten Beobachtungsgabe filterte er alle Details aus dem Wagen inneren heraus, die von außen stehend durch die verdunkelten Autofenster zu sehen waren. John schätzte den Wagen auf 75.000 €, ein unbekanntes Kennzeichen aus Italien mit den Initialen CT, im Innenraum befand sich eine halb offene Sporttasche mit Schwimmflossen, ein Glasflacon von Bronnley 'Sweet Pea' Flugtickets der Air Lingus waren gut zu erkennen, *„Hier ist nichts stimmig, di Deern da drinnen speelt falsch, das ist nicht die Chanel Lady ?"*, bemerkte er zu sich selbst. Cia öffnete seine Containertür. *„Excuse me, my Mom kommt gleich…",* wieder konnte Sie Ihren Satz nicht beenden, da in diesem Moment ein Taxi in die Sackstraße einfuhr und direkt mit der Beifahrerseite vor John's Füßen hielt. Nickend begrüßte Glossi Sven Matke, einen Aushilfstaxifahrer, der sich mit kleinen Einsätzen seine Pension aufbesserte. Hilfsbereit öffnete John die Beifahrertür, ein wohl vertrauter Duft von Chanel kam Ihm entgegen. *„Grazie, mein Name ist Luana Branduardi, meine Tochter Ciara haben sie schon kennen gelernt ? Wissen Sie sie um was es geht ? Ah, da steht ja mein Wagen, warum hast Du nicht auf mich gewartet Ciara....?"* John mußte lächeln, ganz klar waren diese beiden Ladys waren eindeutig miteinander verwandt. Mit einem sportlichen Beinschwung stieg Luana Branduardi aus Sven's Kutsche, Ihr dunkler Mantel, der breit krempige Borsalino Hut, die schwarze Sonnenbrille passten nicht wirklich ins diesige Nebelwetter vom Hamburger Schietwetter, aber ohne Zweifel diese Dame hatte Klasse. Sven riskierte noch einen abschließenden Blick auf die beiden hübschen Damen, sah dann zu John rüber, *„Ich fahr dann wieder, wir sehen uns später bei Alex"*, *„Allens klor, fahr vorher bei Walter vorbei, vielleicht kannst Du helfen, sage Ihm die Little John steht am Köhlfleet"* mit diesen Sätzen verabschiede sich John von Sven. Luana war schon fast am Container angekommen, bevor Glossi sie wieder einholen konnte. Gemeinsam nahmen setzten sie sich drinnen an alten Bürotisch. *„Na dann mal Butter bei die Fische, wieso kommen Sie in meine Detektei"*, gleichzeitig schenkte er seinen beiden Gästen Kaffee in die bereit gestellten Tassen ein. *„Warum wir hier sind ?"*, Ciara legte mit Ihren irisch – deutsch eingefärbten Wortsilben los. Sie erzählte von Fotos Ihres verstorbenen Opa Giorgio, die die beiden bei Aufräumarbeiten im Haus in Cork gefunden hatten. Während dessen legte Luana ein Fotoalbum auf den Tisch. John blätterte darin und hörte weiter zu, die Bilder zeigten seinen Vater Edgar mit Walter, einen jungen schwarz haarigen Mann, vermutlich Giorgio Branduardi, die schärfe der Fotos ließ zu wünschen übrig, ohne Lupe waren ein paar

Matrosen, Fischkutter mit den Seezeichen aus HF, C und FH, zu erkennen. Ruhig tippte John auf einzelnen Fotos , *„Wo sind diese Bilder aufgenommen wurden ?"*, leise flüsternd, ohne Cia zu unterbrechen, antwortete Luana, *„In Catania, Sicilia auf unseren Anwesen am Simeto"*, ein Lächeln huschte dabei über Ihr Gesicht. Glossi ahnte, das diese Geschichte noch etwas dauern würde, mit sicherem Griff in die Tischschublade holte er eine Flasche Doornkaat heraus und schüttete sich einen Schluck in seinen Kaffee. Luana stellte Ihre Tasse daneben und machte mit hinreißenden blinzelnden Augen klar, daß Sie auch einen Hieb ab haben wollte. Cia bemerkte diese stille Scharade und tippte an Ihren Kaffee Pott. Endlich wurde es interessanter, John hörte Cia genauer zu und erfuhr, das Luana in Cork irische Geschichte und Mythen studiert hatte, daß diese schulische Familientradition mit Cia in Cork fortgesetzt wurde, allerdings nicht mit Geschichte, wie bei der Mutter, sondern in den Fachrichtungen Modedesign und mediale Kartengestaltung studiert werden. Nach seiner Zeit als Bauschlosser in Hamburg, hatte Giorgio seine Ausbildung zum Schiffsingenieur in Cork absolviert. Das Anwesen auf Sizilien war der allgemeine Sommerwohnsitz der Familie Branduardi. Nun setze Luana den Endpunkt in der Erzählung, im fast fehlerfreien deutsch fragte Sie kurz und knapp nach den Finkenwerder Caramella's, die nach Ihrer Meinung an der Süderelbe zu finden sein. Cia übergab Ihrer Mutter die Gucci Handtasche, die nun wieder den richtigen Besitzer hatte. Mit einem Griff in zog Luana Ihr Zigarettenpäckchen heraus, suchend nach einem Feuerzeug, kam eine weitere Koordinate zum Vorschein, die nun auf dem Tisch lag, 53°31'42.4"N 9°49'40.0"E.

„*Ich soll Ihnen helfen die Finkenwerder Bontjes zu finden?*", Schluss folgerte John, „*da brauche ich selbst Hilfe von…*", das Funkgerät machte sich quiekend bemerkbar: „*John bist Du da, geh ran*", Glossi erkannte die Stimme von Sven Matke, „*Hier Rüschi eins hört, was ist los ?*", meldete sich John. „*Walter ist nicht mehr, komm sofort an die Süderelbe*" antwortete Sven mit ruhiger fester Stimme, die Verbindung brach ab.

Das war ein Schock für John, er drehte sich um und sah Cia und Luana lange an. Warum hatten sich die beiden Branduardi's sich Ihn ausgesucht ?, sollte er diesen Job machen?, emotional horchte er in sich hinein... langsam wurde es Ihm klar; „*Was soll's John, das letzte Hemd hat keine Taschen und ich möchte endlich wissen, was aus den verschwunden Bonbons geworden ist*", mit ernste Miene blickte er über den Tisch: „*Ich nehme Euren Auftrag an, wenn Ihr es noch möchtet, es kann schwierig und rau werden meine Seuten. Nichts für zart besaitete Geschöpfte, ich weiß auch nicht was ich heraus finden werde. Ich kann verstehen, wenn Ihr nicht weiter machen möchtet, eins vorab, Spesen und Getränke gehen extra*", machte John seinen Standpunkt klar. „*Wir sind bis zum Ende dabei, ist das claro amico ?*", stellte Luana fordernd fest. John nickte, der neue Auftrag von John Glossi / Branduardi wurde mit einem Handschlag besiegelt. Gemeinsam mit Pritschenwagen und dem Alfa machten sie sich auf den Weg Richtung Süderelbe. An der Westerweide wurde Glossi und seine Begleitung an der errichteten Polizeisperre durch gelassen. John parkte auf Walter's Grundstück. Ein nasser durchdringender Wind zog Elbe einwärts herauf…

...die Ablenkung

Nachdem die Wagen abgestellt waren, merkte John Glossi, daß er die Hausschlüssel beim überstürzten Aufbruch in seinem Container vergessen hatte. Es blieb Ihm nicht anders übrig als den Notschlüssel zu holen. Zu dumm, daß die Polizei gerade jetzt damit beschäftigt war das Haus von Walter Janz zu untersuchen. *„Die werden nichts finden, stimmt's ?"*, flüsterte leise Luana John zu. Mit einen ratlosen Gesichtsausdruck blickte Glossi zur Süderelbe und zog die Schultern als Antwort hoch. *„Was wollen we doing ?"*, kam es von Cia, die nun an der rechten Seite von John stand.

In diesem Moment bog Sven Matke mit seinem Taxi auf das Grundstück ein. *„Wir müssen mit Sven sprechen und in das Haus kommen, also Cia ziehe mal Deine Kurven straff und versuche die Aufmerksamkeit auf Dich zu lenken"*, instruierte leise sprechend John die beiden Lady's. Damit drehte er sich zu Luana, die sich bereit willig in John's gestellter Armschlaufe ein hakte, nach wenigen gemeinsamen Schritten standen sie bei Sven. *„Wieso kann ich not parking here, Officer can you helfen mir?"*, mit weit fuchtelnden Händen lieferte Ciara die geplante Ablenkung. Zwei Polizeibeamte kamen auf Sie zu und versuchten heraus zu finden was Cia wollte. Nach einer kurzen Unterredung mit Sven, stieg Luana ins Taxi und fuhr weg. Gerade noch rechtzeitig, dachte John, als er in diesem Moment von hinten angesprochen wurde: *„John wer ist die unbekannte Schöne, die da gerade weg gefahren ist ?"*.

Glossi drehte sich um und atmete einmal tief durch, er hatte keine Zeit sich was aus zu denken. Ansatzlos setzte er sein Gesicht zum Mienenspiel mit einem breiten Grinsen auf: *„Eddi, Du hast mir gerade noch gefehlt, die schöne Unbekannte kenne ich nicht weiter,*

Sie spazierte zufällig am Rüschkanal mit Ihrer Tochter, ich erzähle gleich weiter", John zeigte auf Ciara, ohne abzuwarten was Eduard Otte machte, schalte er sich in das Gespräch von Cia und den beiden Polizisten ein: *"Gibt es hier ein Problem ?", "They don't understand mich, i have tell..." "Halt ein Cia"*, unterbrach Glossi die hilflos wirkende Ciara, *"nicht jeder versteht irisch-deutsch oder meine Herren ?"*, Gedanken suchend dachte er sich schnell eine plausible Geschichte aus, erzählend in knappen Sätzen teilte er den Beamten mit, das Ciara gerne Aufnahmen von der Süderelbe machen wollte. Während dessen mischte sich Eddi ein: *"Can I take a look in your car?", "Si, no problemo"*, kam es temperamtvoll von Kia. *"Grazie Signora...", "Si parla italiano ? È possibile chiamare me Cia", "Can I have your last name, please ?"*. Dabei zog Eddi die Flugtickets aus der im Wagen liegenden Sporttasche. *"Oh, ja I'm Ciara...Brady, ist das nun alright ?", "Ja, danke, Frau Brady"*, kam es mit beruhigender Stimme von Eduard.

…*"und Herr Otte, was sollen wir machen?"*, fragte einer der Polizisten nach, *"beide mitnehmen, bis alles geklärt ist ?", "Nein, es ist alles geklärt, laßt John und Begleitung in sein Haus gehen"*, klang es bestimmend von Eddi, *"Wir werden abrücken, sagt den anderen Bescheid, daß sie endlich fertig werden sollen im Haus, überprüft noch mal die Markierungen am Fundort und hebt die Straßensperre auf"*. Kopf nickend entfernten sich die Polizeibeamten. *"Danke Eddi, komm mit rein und trinke eine Tasse Kaffee mit uns, was ist denn nun mit Walter passiert ?"*

John's Einladung nahm Eddi gerne an. Cia schaute John fragend an, er erwiderte den Blick und schmunzelte. Er ahnte das hier noch eine Menge Fragen zu beantworten waren.

Sein Gehirn arbeitete wieder im beruflichen Stil eines privaten Schnüfflers. Wieso hatte Cia nicht den gleichen Nachnamen wie Ihre Mutter ? War Luana's Tochter verheiratet ? Wen ja, wo ist der Ehemann ? Er schätze Cia auf höchstens 20 Jahre. Leider konnte er keinen Blick auf die Flugtickets werfen. Hoffentlich hatte Sven Luana noch rechtzeitig abgesetzt und eine falsche Spur setzen können, denn Eddi Otte und sein Ermittlungsteam mußten beschäftigt werden, damit John die Zeit hatte, sich einen Überblick von den ganzen Vorkommnissen zu machen, bevor er überhaupt anfangen konnte zu schnüffeln. Was wußte Eduard Otte schon? Woran war Walter gestorben ? Die Kanne Kaffee war schnell fertig geworden. Nach alter Sitte des Hauses bekam jeder der beiden Gäste einen Pott Kaffee und John schlüpfte in die Rolle des Gastgebers. An leichte Konversation war an diesem frühen Nachmittag nicht mehr zu denken.

Eduard setzte seinen Becher auf dem Tisch ab und erzählte entspannt, was vorgefallen war: *„Also, in den frühen Morgenstunden ging bei uns ein Anruf auf der Wache in Harburg ein. Eine treibende Wasserleiche am Holzsteg in der Süderelbe wurde gemeldet. Dabei fällt mir ein, daß ich vorhin den Taxifahrer erkannt habe, wartet mal...",* mit diesen Worten holte Eddi sein Handy heraus und tippte was ein, *„Wo war ich...äh, ja, nach der Bestätigung vom 'Michel 5/17' bin ich dann mit Betty...",* hier verharrte Eddi und tippte wieder was in sein Smartphone ein, *„nun ja, die wird gleich kommen, soll ich weiter fortfahren ?..."* zustimmend nickend tippte Cia an Ihre Tasse, leicht grienend, kam Eddi zur Sache.*"...Jo, so'n Hieb könnt wi allen hebben John",* John klappte den Seitenteil des Sessels auf und holte eine Flasche Doornkaat raus, *„und Ihr habt Euch erst heute kennengelernt ?",* fragte vorsichtig Eddi nach, *"naja, nicht so wichtig, äh, ja, wie wir an die Fundstelle kamen, war Walter Janz tot, der Gerichtsmediziner vor Ort konnte nicht klar sagen, ob Suizid, Unfall oder..."* es klingelte an der Tür. Glossi machte auf, vor Ihm stand Bettina Matke. *"Na min Schieter, ick bin mol do, wo is'n Eddi ?"*. *"Betty komm rin in de goode Stuuv"*, freute sich John. *"Nee, bin noch im Dienst, wo ist der Alte ?"*, kam die Antwort mit einem aufgedrückten seuten zurück, *"Hier bin ich, na dann fahr mich mal nach Harburg zurück"*, sagte Eduard Otte, *"Tschüss min seuten Cia, büst jo een feinen Feger, un ümmer scheun bi John blieven, is dat klor?"*, mit Glossi's bejahenden Geste und einen Tschüss von Cia verließ Eddi die beiden, *"und dasselbe gilt für die Mutter John, haben wir uns verstanden ?"*, fügte Betty hinzu. *"Allens sutje Betty, ich werde mich darum kümmern"*, beteuerte John noch mal.

..."*Was machen wir jetzt ?"*, fragte Luana Sven. Sven schaute in den Rückspiegel und bemerkte wie Eduard Otte gerade auf das Grundstück von Walter Janz zu ging, mit leicht durch drehenden Reifen bog das Taxi in den Neß ein, Sven versuchte alles auf einmal, fahren, im Handschuhfach nach einen Fahrplan greifen, gleichzeitig bei der Taxizentrale die neue Fahrt nach Finkenwerder Landungsbrücke anmelden. Er ließ sich nicht aus der Ruhe bringen: *"Na, ist doch klar, Du machst eine kleine Hafenrundfahrt, ich darf doch Du sagen oder?"*, nachdem kein Widerspruch kam, erklärte Sven Matke, wie Luana von Finkenwerder Landungsbrücke über Teufelsbrück, nach St.Pauli mit dem 39' er Bus fahren müßte, dann sollte Sie in St. Pauli umsteigen und mit der U3 weiterfahren Richtung St.Pauli Landungsbrücken. An den Pontons mit der Fähre wieder zurück nach Finkenwerder und von da aus mit dem 251' er Bus weiter bis zur Haltestelle Nordmeerstraße.

Dann die Straße hoch, in diesem Moment passierten sie Cafe Bauer. *„Hier gehst Du nachher rein"*. „Scusa Sven, sonst weiter nichts?" Luana schaute in den Fahrplan und wiederholte alle Haltestellen, Sven hörte aufmerksam zu und nickte jeden einzelnen Punkt ab. Sie hatten Finkenwerder Landungsbrücke erreicht, Sven verabschiedete sich von Luana: *„Doch eins noch, aber das erzähle ich Dir, wenn Du in Cafe Bauer angekommen, nun flotti Galoppi"*. Luana Branduardi grinste, stieg aus und erreichte die Fähre nach Teufelsbrück gerade noch. Sven meldete sich bei der Taxizentrale ab. Gemütlich fuhr er nach Cafe Bauer.

...Bettina Matke's Smartphone klingelte. Eine Nachricht von Eduard Otte. Er wollte das Sie in der Taxizentrale nachfrage welches Taxi von der Süderelbe eine Fuhre angenommen hatte und wohin es gehen sollte. *„Das ist wieder typisch Eddi"*, dachte Bettina, immer muß ich laufen und machen, es klingelte nochmal, wieder war es Eduard mit folgender Nachricht: "Schicke einen Wagen an die St.Pauli Landungsbrücken, die sollen die Fähre aus Finkenwerder kommend abfangen und nach einer Frau Anfang - Mitte 40, schwarzer Mantel, großer krempiger Hut aus schau halten". Bettina legte sich ins Zeug und veranlasste alles nötige, so wir Ihr Chef es wollte. Von der Taxizentrale erfuhr Sie das Ihr Vater nach Finkenwerder Landungsbrücke gefahren war und jetzt Feierabend hatte.

Mit Blick auf die Uhr, konnte sich Betty vorstellen, wo sie jetzt hinfahren könnte um weiter zu ermitteln. Ein paar Minuten später war Sie im Cafe Bauer. Sven saß am Tresen und unterhielt sich mit Alex. Ein paar Gäste sahen zur Tür als Bettina Mattke herein kam, mit einem liebevollen Pfiff wurde Sie begrüßt, aus einer anderen Ecke kam leise, *"Achtung Polente"*. Betty grüßte herzlich, sie kannte alle Anwesenden. Ihr Vater drehte sich mit einem „Hallo" um. Alex lächelte über den Tresen und fragte forsch: *„Was darf denn sein ?"*. *„Gib mal ein Astra und 'nen Pott Kaffee Alex, bin noch im Dienst"*, damit setzte Sie sich zu Sven Matke hin. *„Na was ist Betty"*, begrüßte Sven seine Tochter. *"Du kannst mir von der schönen Fahrt mit Frau erzählen Papa"*. *„Oh, ha"*, begann Sven, *„aber nichts Mama erzählen"*, Betty's Augen wurde zur Seeschlitzen, *„sicherlich meinst Du die Dame von der Süderelbe?"*, *„Ja Papa nun mol een büschen fix"*, mahnte Betty Ihren Vater. *„Ach ich bin an der Süderelbe vorbei gekommen in Höhe von Walter Janz Haus, als ich durch eine Straßensperre nicht mehr weiterfahren konnte, wollte ich meine Taxe auf seinem Grundstück abstellen, um zu sehen was passiert ist. Da traf ich John Glossi und diese klasse aussehende Dame, die in die Stadt wollte. Also, bin ich losgefahren nach Landungsbrücke und nun sitze ich mit 20€ Trinkgeld in der Tasche hier und habe Feierabend, mehr war nicht, Verhör beendet Süße ?"*, mit diesem Schlussworten setze Sven die Flasche an. Bettina Matke war zufrieden, mit einem gehauchten Seuten, stand Sie auf und machte sich auf dem Weg zu Eduard Otte. Unterwegs erfuhr Bettina, daß die beschriebene Frau nicht ausfindig gemacht werden konnte. Sie bedanke sich für die Mithilfe der Polizeibeamten vor Ort an den St. Landungsbrücken und erklärte den Einsatz für beendet. Nun klingelte Sie bei Walter Janz Haus an.

letzte Anweisungen... 1962

Nach der großen Sturmflut machten die Aufräumarbeiten an der Süderelbe gute Fortschritte. Adi Balber's Werft hatte nicht soviel Schaden ab bekommen, die Arbeiten an den Schiffsmotoren samt Propellergondel verliefen, nach der Modifizierung der Motoren von Jan Friede und Fiete Buschmann, nun reibungslos. Paul Siter's hatte extra einen Schleppdampfer mit einem 300 PS Motor auf Podantrieb umgerüstet. Paul baute immer praxisnahe Modelle, da er sich auf dieser Art ein besseres Bild über mechanische Schäden an Propeller und Schiff machen konnte. Die Kavitationsblasen des Schleppdampfes 'Little Marie' verschleißten eine Menge Material. Es dauerte bis der Stahlrumpf des neuen Fischkutters 'Marie' allen Belastungen gewachsen war und die Flügelschrauben an der Propellergondel die Kraft der Antriebswelle richtig tarierten. Carsten Külln am Köhlfleet brauchte noch ein paar Tage, bis die Bahnen der Slip für die neuen Kutter angepasst waren. Im ständigen Austausch mit Jan und Arne Olker freute er sich auf eine kleine Abwechslung vom täglichen Einerlei.

Bei einer Probefahrt mit dem Paul Schlepper nach Rosslare konnte Carsten gleich mehre Dinge auf einmal erledigen. Arne mußte sich die geeigneten Treffpunkte selbst anschauen, es sollte vor den Augen der jeweils einheimischen Küstenwache und Zollbehörden mitten auf der Nordsee eine perfekte Verwechslungskomödie der Fischkutter und Trawler statt finden. Der Stapellauf der Typ gleichen Smacks in Falmouth von der Mathew Frost Werft und in Rosslare von Bodine Brady stand kurz bevor. Carsten schnitt ein Foto eines Kartenausschnitts von der Elbinsel Finkenwerder in drei Teile, auf der Rückseite skizzierte er schnell die wichtigen Punkte, damit die befreundeten englischen und irischen Werftbesitzer Ihre Reparatur- und Umschlagplätze auf Hamburg – Finkenwerder finden konnten. Der anwesende Michel Föltz war unter Deck damit beschäftigt die Schiffszeichen anzubringen. Da sich das dafür gefertigte Drehgewinde schlecht bei laufender Fahrt justieren ließ, hämmerte er wie ein Wilder auf die Emaille beschichteten Schilder herum und verkantete dabei die Buchstaben. Endlich war Michel fertig geworden. Alle Mann an Bord standen am Bug kopfüber an der Reling um auf die Seezeichen zu schauen. *„He kann Kattenschiet in Düüstern rüken, aver Hochdüütsch kann he nich schrieven. Michel, wir fahren im Moment unter deutscher Flagge, also ändere die Buchstaben von F H auf H F ab, Du Hirni"*, gröhlte Arne Olker zu Föltz rüber. Mit einem *„Klei mi am Moors"*, schmetterte Michel einen hohlen vierkantigen Rohling auf die Heckseite des Schleppers. *„He mööt jau weten, wo ick de Doos fastmaken sull"*, kam es von der Föltz zurück. *„Du büst bedröövt ?, nu klamüüster mol wat ut Michel"*, versuchte Arne Olker Michel Föltz zu beruhigen. *„Wenn Du es bis Falmouth schaffst den Vierkant zu verstecken, bekommst Du eine extra Buddel Kööm von Mathew Frost"*, rief Carsten Michel zu. Mit breiten Grinsen verschwand Föltz wieder unter Deck. Erleichtert hörte die ganze Besatzung wie Michel wieder mit Zange und Vorschlaghammer das Schiff bearbeitete.

Bei Einfahrt in den Hafen von Falmouth schaute Arne Olker ganz überrascht auf einen fertig getakelten Fischkutter 'Marie' an der Frost Wert. Schnell machte der Schlepper am Werft Steg fest. Neugierig betraten die Finkwarder Jungs den Fischkutter und staunten. Das angebrachte Dyna-Rigg Schiffssystem mitsamt Mast war fertig. Mathew Frost's Werftarbeiter enterten als Gegenbesuch sofort die 'Little Marie', um zu sehen, wo Michel die Bonbonschachtel versteckt hatte. Mit einem *„Mast, Kiel- und Schotbruch"*, begrüßte Michel die englische Crew. Er legte seinen großem Schraubenschlüssel beiseite, machte einen Witz über seinen verschießenden 'Engländer', zeigte die gefundenen zwei Möglichkeiten, wo die Diamanten versteckt werden konnten. Einer der Hafenarbeiter schenkte Michel einen neuen verstellbaren 'Franzosen' Schlüssel. Mathew Frost war begeistert von der Idee mit dem pneumatischen Schachtel Verschluss. Er wollte bei nächster Gelegenheit die drei findigen Tüftler Gorgio, Edgar und Walter kennen lernen. Über den kleinen Kartenausschnitt freute er sich. Er gab Carsten für Jan Friede die Koordinate 50°08'59.0"N 5°03'46.0"W mit. Am nächsten Tag fuhr 'Little Marie' Richtung Irland. Ein paar Stunden später landete sie in Rosslare. Bodine Brady's Fischkutter stand auch kurz vor dem Stapellauf. Im Ruderhaus wurde mit Arne Olker die Innendekoration abgestimmt. Die irische Schiffsbesatzung wollte einen drehbaren Schubschrank am Ruder haben. Carsten Külln hatte die Aufgabe Michel schonend darauf vor zu bereiten was auf dem nach Hause Weg für Ihn an stand. Bodine erhielt ebenfalls einen Kartenteilausschnitt, die mit geschickte Koordinate für Jan Friede war 51°53'50.0"N 8°28'23.0"W . Die Heimfahrt verlief ohne besondere Vorkommnisse.

„Dann machen wir mal eine Bestandsaufnahme", mit diesen Worten eröffnete Adi in seinem Büro die kleine 'Finkwarder Böntje Konferenz'. „Unser Fischkutter 'Marie' ist Anfang März fertig und kann dann zu Wasser gelassen werden. Da uns der 16./17 Februar immer noch in den Knochen steckt, möchte ich zu meinem Gartenfest im Sommer diesen Jahres einen Preiskat ausloben, mitmachen kann jeder, Einsatz 5 Mark…",

„Was ist denn der erste Preis ?", unterbrach Michel Földtz Adi 's Vortrag. Bevor Balbers antworten konnte, zischte Paul Sitter ein gefährlich klingendes „Schnauze", in die Runde. Ohne auf die Frage ein zugehen, verlaß Adi nun die Crewmitglieder, nannte die Werften und machte zum Schluß seiner Rede klar, daß die gekauften Diamanten ein Notgroschen für bedürftigen Familien auf Finkenwerder sein. „Jedes Mitglied dieser Konferenz hätte bei einem erfolgreichen Törn und bei vollen Netzen der HF Fischkutter einen Anspruch auf einen Bontje im Wert von bis zu 200 Mark. Natürlich bleibt es jedem überlassen diesen Vertrauensbeweis beim Zoll zu deklarieren, aber bitte vernünftig mit Kaufurkunde und Zertifikat…", „Alle bekommen zwei Bontje", wurde nun Adi von Paul Siter unterbrochen. Jan Friede nickte den Vorschlag von Paul ab und setzte mit den Worten nach: „De Süderelv wird to mokt". Auf einmal war es Totenstill im Raum.

die Recherche beginnt

„Na endlich sind sie gegangen", erleichtert schlüpfte Cia aus Ihrer gespielten Rolle raus. *„Ich hätte es no minutes more ausgehalten"*. John Glossi grinste, brachte dabei das Kaffeegeschirr in die Küche. Mit frischen Rialto Gläsern und einer eiskalten Buddel Doornkaat kam er zurück, *„Ruf mal Deine Mutter an...Frau Brady, ich will wissen wo Sie steckt?"*, hinsetzend schwang er die Füße auf den Tisch und rief Sven Mattke an. Ciara Brady wählte Luana's Nummer, Sie hörte wie John einfach nur *„Aha"* und immer wieder lang gezogene *„Hmmmhs"* machte. Wieso nannte er Sie jetzt Frau Brady?. John legte sein Handy mit einem *„Bis gleich"* beiseite. Er hörte nun bei Cia Gespräch zu, aus den Wortfetzen: *„Where are you...momento... Reeperbahn... St.Pauli...Claro...Ciao"*, konnte er sich vorstellen, wo Luana jetzt gerade war. Auf seine Frage: *„Wo seit Ihr einquartiert?"*, teilte Ihm Cia den Namen eines Flughafen Hotel in Fühlsbüttel mit. *„Ihr beiden übernachtet hier im Walter Haus, keine Widerrede"*, äußerte sich bestimmend John. Mit einem *„Wir habe es gleich 18:00 Uhr, mach Dich fertig, wir müssen los"*, drehte er sich von Cia ab und zog seine Jacke an. Der Typ macht klare Ansagen, nun verstehe ich Mama, warum John uns helfen kann, dachte sich Cia mit einem *„Let us gehen"*, stand Sie vom Sofa auf und kurvte sportlich um den Tisch herum, *„Mit welchen Wagen fahren wir ?"*. *„Mit dem 150'er"*, raunte John zurück. Cia's fragenden Blick ignorierend, schnappte er sich noch mal sein Handy, erledigte bis zur Bushaltestelle noch ein paar Telefonate. *„Wie geht es weiter ?"*, wollte unterwegs Ciara wissen. *„Gleich min Seuten"*, mehr war aus John nicht mehr raus zu bekommen.

Luana hatte es geschafft, durch das dauernde Umsteigen, war Ihr kalt geworden. Sie erreichte endlich die Nordmeerstraße. Nach wenigen Schritten betrat Luana das Cafe Bauer. Im Gastraum begrüßte Michel Földtz Luana mit, *„Na min Seuten Fierobend oda hebbt do Tied för mi ?"*. Etwas erstaunt brachte Frau Branduardi nur ein: *„Non capisco"*, heraus, da stand auch schon Alex an Ihrer Seite. Mit einer scharfen Ansprache verbannte Alex Opa Földtz wieder an seinem Platz: *„Lat von de Deern af, de hett keen Tiet för dien Tüdelee Michel"* und zu Luana sagte Sie: *„Frau Branduardi da sitzt Herr Matke"*, zeigend auf Sven gerichtet. *„Gorgio is doot, min leeven"*, kam es von Michel herüber. *„Jo is goot Opa, set di dale han un nu Snuut holen"*, setzte sich Alex energisch bei Michel durch. Földtz nickte und bekam ein neues Gedeck an seinen Tisch gebracht.

Bei der Begrüßung merkte Sven Luana's klammen Händen, wie gut das Alex Luana einen heißen Kaffee servierte. Ganz vorsichtig nippte die schöne Italienerin an Ihrem Kaffeebecher. Eine viertel Stunde später, mit einsetzender Wirkung des heißen Kaffee, konnte Luana ihren Mantel ablegen. In Höhe der Garderobenständer, erkannte Sie Ihre und Ciara' s Reisetasche. *„Wieso ist unser Gepäck hier Sven ?"*, Sven antworte nicht auf Ihre Frage, er winkte John und Cia an den Tisch heran. Luana drehte sich zur Gaststättentür um, endlich trudelten Cia und John ein. *„Die Taschen habe ich holen lassen, Du schläfst heute First Class bei mir im Walter Haus"*, damit umarmte begrüßend John Luana Branduardi, *„De Walter is nun ook doot"*, drang es leise durch den Raum aus Richtung Michel kommend. Gutmütig schaltete sich Sven ein: *„We afweten Bescheed Michel"*. Michel brummelte vor sich her, bestellte sich noch eine Runde Bier. Cia umarmte Sven und Ihre Mutter herzlich. Beim Anblick auf John, wurde Luana richtig wieder warm, frech blinzelte Sie Ihn an.

Cia setzte sich zui Sven, der sich darüber freute 'so een smucken Deern' nehmen sich zu haben.

„Na dann fangt mal an zu erzählen meine Damen", gab John im rauchigen Ton Ciara und Luana nun zu verstehen, das jetzt der richtige Zeitpunkt war Ihre Geschichte fort zu setzen. *„Moment ich muß auf' s Klo bevor es losgeht"*, funkte Alex dazwischen, *„Ihr werdet nicht ohne mich anfangen"*. *„In Ordnung wer noch?"*, erkundigte sich Sven. Alle Damen verschwanden gemeinsam auf das stille Örtlichen. *„Na dann schütte ich uns noch mal nach, wir müssen noch auf Betty und Cher warten"*. Glossi stand auf, versorgte Michel mit einer neuen Runde Bier und Kööm. *„Einmal alles Sven ?"*, wieder antwortete Sven nicht, verständlich denn nun standen Cher, Betty und Eduard Otte am Tresen. *„Polizeistunde keiner verläßt das Lokal"*, verkündete Eduard. Betty mußte laut lachen, sie verstand den Wink von Ihrem Chef, Sie hängte das Schild 'geschlossene Gesellschaft' ans Fenster neben der Gaststättentür. *„Polente"*, entfleuchte es aus Michel Ecke. *„So, für Dich ist Schluß Michel"*, sagte John, *„Wir brauchen Dich morgen noch. Denn Morgen ist Edgar da...."*. Michel schaute ganz verdutzt John an. Mit etwas glasigen Augen fragte Michel nach: *„He wullt von Wedel ut Neddersassen intrudeln?"*, *„Michel min Vadder leevt nu in We... an Niederrhine, ah büs moin hett do dat versust"*, mit einer herbei suchenden Handbewegung holte er Betty an den Tisch. *„So Michel dien Taxi is dor"*, machte John Michel Föltz klar. *„Nu komm man bi"*, mit unterstützender Handbewegung konnte Bettina Matke Michel hoch helfen. *„Wenn do leef bliffst, kriegst do een Seuten von mi"*. *„Ick wüll dree vöraf hebben"*, kam die knallharte Antwort von Michel zurück. *„In Ordnung Michel, aber dann Abmarsch ins Bett mit Dir verstanden"*, diese Ansage kam von Alex, die mit den anderen Lady's wieder erfrischt, super aufgetakelt am Tresen stand.

Mit einem *„Jo afmokt"*, bekam Michel Föltz seine Seuten, die anwesenden Männer schauten etwas neidisch auf Opa Föltz, aber sie gönnten es Ihm vom ganzen Herzen. Nach ein paar Minuten war Bettina wieder da. Eddi, Sven und John stellten nun zwei Tische zusammen, damit alle am 'grooten Disch' Platz hatten.

Eddi erzählte nun, daß der Gerichtsmediziner von einem Unfall ausginge. Im ersten Moment war die Todesursache nicht ganz klar gewesen, Verletzungen an Kopf und Brustkorb wurden später eindeutig einer gefundenen metallenen Schachtel zugeordnet. Bei der durch geführten Obduktion, endgültige DiagnoseTod durch ertrinken, konnte dann Mord ausgeschlossen werden. Dabei holte er eine Box aus seiner Jackentasche, *„Na kennt einer diese merkwürdige hohle vierkantige Box ?"*. Keiner unterbrach Eddi, er nickte zu Bettina rüber. Bettina berichtete von Ihren Recherchen. *„Ich war damit beschäftigt die Identität der unbekannten Schönen zu lüften, endlose Anrufe bei der irischen Polizei, der Stadtverwaltung Cork haben mich, Dank John, volle zwei Stunden beschäftigt"*, John und Sven konnten sich ein Lächeln nicht verkneifen. Ohne darauf zu reagieren, gab Bettina einen Einblick in die familiären Verhältnisse der 18 jährigen Studentin Ciara Brady. Geboren in Cork, bis zur siebten Klasse lebte Sie bei Ihrem Vater Clint Brady. Als Clint Brady heiratete, entschloß sich Ciara zu Ihrem Opa Gorgio Branduardi zu ziehen. Nun mußte Luana schmunzeln. Es klingelte an der Hintertür des Cafe Bauer. Mit einem *„Huch hab ich mich jetzt verjagt"*, lief Alex in die Küche. Betty wartete, Alex kam mit einer Kiste Dom Perignon und 9 Gläsern wieder zurück. Cher stutzte, zählte die anwesenden Personen nach, wieso neun Gläser?, es waren doch nur acht Anwesende im Schankraum.

Sie brauchte nicht lange auf Antwort zu warten, denn Edgar kam aus der halbdunklen Küche hervor. Mit einem, *„Na Bücherratte, zur Geisterstunde wieder Piratengeschichten hören"*, umarmte er sein Patenkind Cher Friede. *„Oh man Papa"*, mit einem Seufzer der Erleichterung nahm John seinen Vater in den Arm. *„Du hättest morgen ganz gemütlich hoch fahren können".* John brauchte Edgar Glossi nicht vorstellen, bis auf zwei kannten Ihn alle Gäste. Mit einem *„Bella Signora"* begrüßte er Luana, *„so was schönes und elegantes habe ich lange nicht mehr gesehen".* Luana bedankte sich mit: *„È un onore per me",* nun schaute Edgar Ciara an, *„Il mio nome è Cia, Du bist der Vater von John ?, a wonderful man, Du bist a legend"*, ratterte Cia ohne Luft zu holen los. *„Salve mio amica, wenn das Dein Opa noch erleben könnte",* erwiderte Edgar, mit einem Glas in der Hand, *„Wer war dran, schöne Grüße von Malte, er konnte nicht mit kommen, er steckt gerade mitten in den Prüfungen",* setzte sich Edgar zwischen Cher und Alex Siter. Betty nahm den Gesprächsfaden wieder auf. *„Ich war dran Onkel Egdar".* Nach einer kurzen Überlegung, erzählte sie, daß die Verwirrung groß war, als Clint Brady Ihr mitteilte, daß seine Frau zu Hause in Rosslare sei. Bei genaueren Nachfragen fand Betty heraus, das Clint zum zweiten Male verheiratet war. Seine erste Frau Luana hatte Ihren Mädchennamen wieder angenommen. Nun mischte sich Eddi wieder ein und zeigte auf seine mitgebrachte Schachtel. *„In mir brodelte es"*, fügte Eddi an, *„ich hatte die Namen Brady und Branduardı schon mal gehört, bis mir meine Zeit bei der Küstenwache wieder einfiel".* An dieser Stelle mußte Sven laut lachen, Eduard lachte mit. *„Tja meinen Damen und Herren, ich halte einen Finkenwerder Bontje ohne Füllung in meiner Hand"*, ohne zu zögern schnappte sich Alex die schwarze kleine Schachtel, *„Das sollen Bontje sein, warte mal"*, damit holte sie einen vierkantigen hohlen kleinen Stab aus Ihrer Hosentasche hervor, *„Das sind die Bonbons"*. Sie löste die obere Kappe ab, heraus kullerte ein kleiner Diamant. Es wurde wieder still im Raum. Jeder am Tisch betrachtete das nun das glitzernde Stück gepresste Kohle.

Alex erzähle die Geschichte Ihres Vaters, wie er 1962 mit Carsten Külln, Arne Olker und Jan Friede einen Finkwarder Hilfeverein für in Not gekommene Fischer und Werftarbeiter gründeten, daß die Frauen der Werftbesitzer nach guten Fischfang des HF Kutters 'Marie' einen Diamanten bekamen. Da diese Diamanten von der immer so kleiner 'größe' waren, hatte Ihre Mutter mal so aus Scherz was gesagt wie: *„Man sünd de lütt, do is jo een Duurbontje grötter"*. Mit diesen angehäuften Bontjes fuhren die ehrenwerte Damen oft in den Stadtteil Hohenfelde und tauschten dabei die Diamanten in harte Deutsche Mark um. Der gemachte Erlös wurde an Witwen und Waisen in der Rüschsiedlung und an der Landscheide verteilt. Nun wurde Ciara und Luana allmählich klar, welche Bedeutung die Finkenwerder Bontjes hatten. Sven und Eddi standen auf der anderen Seite des Gesetzes, sie dienten in den 60' - 70' Jahre gemeinsam beim Bundesgrenzschutz. Die 'schwarze Gang' beim Zoll war berüchtigt. Beide hatten oft auch den HF Kutter 'Marie' inspiziert und weder eine schwarze Box noch hohle Zylinder gefunden. *„Wo habt Ihr nur die Verstecke gehabt ?"*, wollte Eddi wissen. *„Das klären wir morgen und dann bin ich neugierig auf alle Koordinaten, die Ihr gefunden habt"*, sagte Edgar, *„nu ab nach Hüüs, Sven mach ein Taxi klor, wer kommt mit ? Ach was rede ich da, alle kommen mit zu uns an die Süderelbe?"*, nickend bejahend nahm die Gruppe an, Walter orderte bei Alex, *„Noch eine Runde Bier un Kööm Alex, das kann ja ein Moment dauern bis das Taxi kommt"*.

Bontje gefällig?

An diesem Samstag Morgen im November an der Süderelbe, kroch ein frischer Wind landeinwärts über das Haus von Walter Janz. Edgar Glossi war nach einer Mütze voll Schlaf aufgestanden, stromerte durch das Haus herum, klebte kleine Zettel an die Türen, freute sich wieder in alten Gefilden zu sein. Er schaute in den Schuppen, beheizte den Ofen, bereitete die Außendusche vor. John wachte auf und schlurfte in die Küche, machte sich die erste Kanne Kaffee am frühen morgen fertig. Langsam sammelnd von der letzten Nacht, schlich er leise durch den Flur, am Wohnzimmertisch entdeckte er auf dem Tisch einen Haufen verstreuter alte Bilder. John wollte sich gerade ein paar Fotos anschauen, als Edgar zur Tür rein kam: *„Nichts berühren und liegen lassen min Jung"*, erklang es von Glossi Senior. *„Rundstücke holen, aver mol een beten flott do Dösbaddel"*, mit einem *„Jo"* von Glossi Junior wurde die väterliche Anweisung quittiert. Gemeinsam machten sie sich auf dem Weg zum Bäcker.

Cher hörte eine Tür ins Schloß fallen, noch schläfrig, flüsterte Sie Ihren Zimmernachbarn zu. *„Büste do plietsch Alex? Bettina upwaken, ward Tiet, ick wüll Biller vun de Mannlüüd knipsen"*. *„Oh die werden doch nicht wieder 'Antreten' spielen"*, kam es aus Betty's Koje herüber. *„Dann gehe ich schnell Cia und Luana wecken, nicht daß die gleich aus dem Bett fallen"*, grinste Alex, *„An den Türen stehen unsere Weisungen"*, kam es von Betttina, *„Na warte Edgar, Du bekommst Schlauch"*, freute sich Cher. Nachdem alle Frauen im Haus sich Ihre blau, rot, grün gestreiften Turnerhemden angezogen hatten, verstecken sie sich im großen Schlauchboot im Schuppen und warten ab.

Edgar und John kamen vom Bäcker, nahmen Ihre Plätze an Außendusche und Schuppentüre ein. Dann ertönten aus zwei Schiffspfeifen schrille Signale, gefolgt mir einem lauten: *„Alle Mann an Deck, fertig machen, duschen, der letzte spült ab"*. Im Haus rumpelte es, gefolgt mit, *„Egdar ick hol di Kiel", „John, Klei mi am Moors",* hasteten Sven und Eddi aus dem Haus zur laufenden Dusche rüber. John zog dabei langsam das Gummiboot aus dem Schuppen, wunderte sich über den, unter der Plane liegenden, Gartenschlauch. Edgar trieb während dessen mit: *„Galopi,Galopi"* und Stoppuhr bewaffnet seine beiden nassen Männer an. *„Wo sünd de Fruuns ?"*, wollte Edgar wissen. Da auf einmal wurde die Plane weg gerissen, *„Na hier sind wir !"*. Mit einer vollen Breitseite wurden John und Edgar von Luana Wasserschlauch getroffen. Die Männer standen nun alle pitschnass am Boot, alle fingen an zu lachten. Na, wie ist die Zeit gewesen Edgar?, frage Sven. *„Fief Minuten un de Wiever mokt dat Fröhstück , se hebbt verloren."*, kam es von Edgar herüber.

Nach dem Frühstück erledigte jeder seine kleinen Aufgaben, die Edgar auf den Zettel geschrieben hatte. Sven und Eddi richteten als 'Grapenpüüster' die Kojen her, danach spülten sie das Geschirr in der 'Kombüse' . Cia suchte nach dem Raum 'Montur'. John nahm Ciara mit in den Keller und gab Ihr Malte's Tauchertasche. Cher und Luana gingen in den Kellerraum, 'Maschine un Planen'. Betty und Alex fuhren mit dem Alfa Spider ins Cafe Busch. Alex legte eine Kiste Bier und Kööm in den Wagen und machte die Gaststätte auf. Nun holte Betty Michel vom Rüschweg ab. Edgar brachte das große Gummiboot am Holzsteg an der Süderelbe in Stellung, ungesehen versteckte er einen richtigen Bontje.

Nach getanen Küchendienst machte Sven sich auf den Weg um 'swatte Plünnen' von zu Hause abzuholen, auf dem Rückweg brachte er Eddi's alten Bully mit. Nun saßen, bis auf Alex, alle wieder im Wohnzimmer beieinander. Cher, im Hauptberuf Bibliothekarin der Bücherhalle Finkenwerder, durfte nun Cia und Luana von den Finkwarder Bontjes erzählen. Michel schaute dabei immer auf den Zettel von John, schmunzelte und flüsterte vor sich her, „Kontra, Re un nu een bi". Durch Egdar's „Psst", verstummte er.

„Also", fing Cher an, *„nachdem die 'drei Marie's' Ihren Dienst aufgenommen hatten, verkehrten die Fischkutter im ständigen Wechsel von Fanø, Rosslare bis nach Hindeloopen. Mit Hilfe von Luana's Notizen, markierte ich die Koordinaten 55°25'07.0"N 8°23'47.0"E , 52°15'20.0"N 6°20'04.0"W , 52°56'34.0"N 5°24'08.0"E"*, Luana breitete eine Seekarte auf dem Wohnzimmertisch aus. Alle schauten darauf, Egdar legte zwei weitere Koordinaten dazu, 51°53'50.0"N 8°28'23.0"W für Cork und 50°08'59.0"N 5°03'46.0"W für Falmouth dazu, *„Hier ein kleiner Tipp John, das waren die Plätze, wo der Austausch, Ein- und Verkauf statt gefunden hatte"*, bemerkte Glossi Senior. Mit grübelnder Miene schaute John auf die Karte, blickte aus dem Fenster, sah dabei auf Sven und Eddi: *„Na dann ist alles klar, mit meiner Koordinate N53° 31' 42.388" E9° 49' 39.99 weis ich genau wo ich suchen muß"*. Sven und Eddi standen auf, zogen sich Ihre schwarze Arbeitsklamotten an und marschierten hinaus zu Walter's Boje, Cher folgte den beiden mit Ihrem grün-weiß gestreiften 'HF' Turnerhemd. Michel ging auf Cia zu, flüsterte Ihr was ins Ohr, gemeinsam gesellten sie sich zu Cher. Bettina, im gestreiften 'FH' Turnerhemd, Edgar und John nahmen Luana, mit einem 'C' Turnerhemd, in Ihre Mitte.

Spazierten tänzelnd aus dem Haus gehend, drehten sich dabei um Ihre eigene Achse, wechselten Ihre Positionen beim vorbei gehen an der Boje, teilten sich auf. Sven fluchte, weil er den Bojenkopf nicht so schnell auf bekam, Eddi schaute auf die vorbei ziehende Gruppe, Luana, John und Edgar. Mit einem knappen *„Steuerbord"* verfolgte er nun die beiden. Eddi ging mit *„Backbord"* Egdar und Betty hinterher. Mit langsamen Schritten machten sich Cher, Michel und Cia zum Holzsteg auf. Edgar und Betty machten einen großen Bogen und steuerten, mit dem hinter ihnen herlaufenden Eddi, auf den Holzsteg zu. John und Luana machten dasselbe, Sven Matke wußte jetzt wie er und Eduard Otte jahrelang abgelenkt wurden. Vereint standen alle an der Süderelbe. Cia war im Wasser damit beschäftigt in einen hohlen Zylinder Luft zu plumpen. Ein leichter dumpfer Knall war zu hören, dann tauchte auf der Wasseröberfläche eine kleine schwarze Box auf. Cia machte die Schachtel auf. Ein kleiner Zettel kam zum Vorschein auf dem stand 53°31'42.4"N 9°49'.... John schaute sich die Koordinate an. *„Da fehlt was, ich habe eine Ahnung, wo die Bontje sind, schnell ins Boot Luana"*, mit einem Satz war John im Schlauchboot, zog an dem Seilzugstarter des kleinen Außenbordmotors, holte Cia aus dem Wasser ins Boot und brauste los. Der Rest der Gruppe schlenderte langsam verfolgend zum Ende der eingedeichten Süderelbe. John erreichte sein Ziel, er legte sein Boot längsseits am Ufer des letzten Stegs in der Nähe des Deiches an. *„Hier stand die alte Werft von Adi Balbers"*, erklärte John den beiden Lady's. Auf einem Tisch am Steg lag eine schwarze Schachtel, Luana öffnete sie. Ein kleiner Diamant mit einem Zettel steckte darin. *„Was steht darauf Mom ?,* wollte Cia neugierig wissen. „Little John", sagte Luana. *„Habt Ihr den Hinweis gefunden ?"*, fragte Betty, die als erstes am Steg ankam.

Alle gingen wieder zum Walter Haus zurück. Es war Zeit für eine Kanne Kaffee. Cher zeigte schnell Ihre Fotos, die Sie bis jetzt gemacht hatte. Ein Motiv von Ciara im Taucheranzug schickte sie an Malte.

Nach dieser kurzen Pause ging es mit dem alten VW Bully zum Köhlfleet. Auf der 'Little John', die eigentlich bis zum Skatspiel 1962 bei Balbers 'Little Marie' hieß, zeigte Edgar die versteckten schwarzen Boxen, dazu mußten alle unter Deck, an einer Stange die mit der mechanischen betriebenen Kielanlage verbunden war, blieb er stehen. Mit *„Na wer will es versuchen ?",* motivierte er Eddi den Kiel ins Wasser zu lassen. Eddi hatte Mühe die Stange zu bewegen. Nachdem Michel mit seinem alten 'Franzosen' Schlüsssel des Gelenk bearbeitet hatte, bewegte sich der Hebel. Nichts geschah. Michel drehte den Handknauf der Stange nach links zog daran. Mit einem innen liegenden Rohrstück wurde der Hebelarm verlängert. Eddi konnte das Rohrstück nun hoch und runter schieben. *„Eine versteckte Luftpumpe ?, das war es und wie komme ich an die Bonbons",* wollte Eddi nun wissen, *„Pumpen und Kopf einziehen, gleich geht es los",* forderte John. Eine Öffnung im Kielschwert tat sich auf. Ein lauter Knall folgte, es flogen Kreuz und quer schießend schwarze Schachteln aus dem Kiel. Cia kreischte: *„What's that?".* Edgar hob eine kleine Box auf: *„Nun ich glaube der Fall ist gelöst oder ?, hier sind die Bonbons",* bemerkte John und schaute dabei Luana an.*„Si, John und Grazie mio amigo John".*

Der nächste Zwischenhalt wurde in der Bücherhalle gemacht. Hier erzählte Cher Luana und Cia die Geschichte um die Finkwarder Bontjes, mit Hilfe der alten Fotos von Edgar zu Ende. In kurzen Auszügen vertiefte Sie die einzelne Punkte, daß mit der Auflösung der HF Fischfangflotte Anfang der 70' ziger auch das gleichzeitige Ende des Witwen- und Waisenvereins kam. Von der Schließung der Rüschsiedlung Mitte der 70' ziger. Ihrer verkauften 'Marie' an die Brady Fisching Company Ende der 80' ziger.

Der schöne Tag wurde im Cafe Bauer beschlossen, Alex stellte zum Höhepunkt des Abend eine Kiste Dom Perignon auf den Tisch. Cher schaute die anwesenden Gäste an, zählte zehn Personen. Wieder stand ein Glas zu viel auf dem Tablett. Diesmal konnte sich Cher denken, von wem der Champagner war. Genau in diesem Moment machte Malte die Tür zur Gaststätte auf. Mit großen „*Hallo*" wurde er von allen begrüßt. Er setzte sich an den Tisch, holte etwas schwarzes aus seiner Jacke, begrüßte derweil alle Gäste, zeigte dann auf die schwarze Schachtel in seinem Händen, schaute mit zwinkerndem Auge zu Cia rüber und fragte, „Bontje gefällig?"...

Keine Rechnung und Briefe bekommen, es liegt nicht immer nur an der Post...

Was passiert wenn wir keine Rechnungen mehr erhalten und plötzlich der Kuckuck Mann vor der Tür steht ? Natürlich machen wir erst mal ein dummes Gesicht, ganz klar. Der Herr vom Gericht oder auch die Frau Gerichtsvollzieherin handeln im Auftrag des Amtsgerichtes der jeweiligen Stadt. Nach dem wir den Schock verarbeitet haben, wir nun einen Pfändungs- und Überweisungsbeschluss in der Hand halten. Frage ich mich, wie konnte es soweit kommen ? *„Wo ist den meine Rechnung geblieben, warum habe ich keine Rechnungserinnerung bekommen ? Zuerst eine Zustellungsurkunde samt Mahnbescheid im Briefkasten zu erhalten, wäre auch nicht schlecht gewesen" „Ich möchte einen Widerspruch einlegen. So nicht Ihr Raubritter, das ist nicht nur ein Irrtum, sondern ein tagtäglicher kriminell fahrlässiger Zugriff in mein Portmonee".* In mir brodelte es, so hatte ich es mir nicht vorgestellt, gleich mit aller Härte den Vollstrecker holen, Ihr Unternehmen und feinen Betriebe ist auch nicht richtig, wenn gleich doch mit Hilfe der Vollstreckungsgerichte legitim. Wieder mittendrin…Es war einmal…

ein Dienstag mitten im Januar. Ich freute mich auf meinem freien Arbeitstag. Solange bis es an meiner Tür schellte. Ein freundlicher Mann stellte sich als Herr Gerichtsvollzieher Knirps vor, brachte kurz und sachlich sein Anliegen rüber. Ich verstand nur: *„…möchten sie die Summe gleich bezahlen oder lieber überweisen Herr Erdi Gorch Fock".* Er händigte mir dabei ein Mahnschreiben aus. So ein wertvolles Pfändungsschreiben schaue ich mir doch genauer an. Freundlich wie es meine Hamburger Art ist hier am Niederrhein, bat ich den kleinen Knirps in meine Küche herein. Nachdem ich schnell eine Kanne Kaffee aufgesetzt hatte, betrachtete ich das Schriftstück genauer. Von der fälligen Ausgangssumme in Höhe von 50 €, kamen Verzugszinsen, Gerichts- und Zustellungsgebühren und noch etliche Kleinposten zusammen, die den Endbetrag von 195.27 € aufwiesen. „Es fehlen die Anfahrtskosten von Ihnen", stimmte ich eine versöhnliche Kommunikation mit Herrn Kuckuck an: „Die kann ich erst wieder dazu setzen, wenn ich im Büro sitze ", schmunzelte Herr Knirps, „muß ich denn noch mal vorbei kommen ? " Nach einem großen Schluck aus meiner Tasse, fragte ich mich danach, was alles bis jetzt nicht an Rechnungsforderungen in meinem Briefkasten angekommen ist und wie es weiter gehen würde, wenn ich nicht einfach nicht bezahle..., dabei schütte ich dem Gerichtsvollzieher noch mal aus der Kanne Kaffee nach. Bei dem was ich dann erfahren habe, schüttele ich mich heute noch. An diesem Beispiel, habe ich meine Rechnung nicht bezahlt, dann das Erinnerungsschreiben, den Forderungsbescheid eines beauftragten Forderungs- und Inkassounternehmen nicht beglichen. „Diese Rechnung ist fast 7 Monate unterwegs", so endete der kleine Vortrag vom Kuckuck Mann. Meine Entscheidung war längst gefallen, „Natürlich überweise ich Herr Knirps, kann ich den bezahlten Quittungsbeleg Ihnen nachher vorbei bringen?" „Aber gerne", mit diesen Worten übergab er mir seine Karte mit seiner häuslichen Anschrift und ging.

Mit dem Rad auf dem Weg zur Bank versuchte ich mir einem Reim zu machen, warum ich diese Rechnung nicht bekommen habe. Nach meinen Überlegungen mußte die Post bei mir vier mal nicht zugestellt haben, kann das sein ? Nach dem Geld ziehen bei der Bank wurde unser Postamt aufgesucht.

Der nette Postangestellte erklärte mir, daß er sich um meinen Nachforderungswunsch kümmern würde, als kleinen Tipp sollte ich auch bei den privaten Dienstleistern nachfragen, da die Post seit 1997 nicht mehr das alleinige Beförderungsrecht von Paket- und Briefsendungen besitzt. Diese Information hatte ich voll kommen verdrängt, *„Aber richtig, es gab da mal eine Änderung, aber das ist schon so lange her"*, mit diesen fließenden Worten eines geübten Niederrheiners in mir sagte ich 'Tschüß' und verließ die Post.

– Nebenbei bemerkt, seit 01.01.2016 kostet die Beförderung der Standartbriefe bei der Post 0,70 €, also 70 Cent. –

Auf dem Rückweg mit direktem Ziel zum Gerichtsvollzieher, erblickte ich die Welt mit neuen Augen. An mir fuhren lauter Brief- und Paketwagen vorbei. Na gut die gelben Wagen erkannte ich noch, nur störte mich, daß da drei Buchstaben darauf standen, warum nicht POST, etwas weiter auf meiner Strecke fuhren braune Lieferwagen, mit uups den Namen konnte ich nicht lesen, graue Sprinter mit irgendwas von Deutscher… wieder zu schnell an mir vorbei, die ganze Straße war einmal voll mit Dienstleistern. Unmöglich bei jedem ein Nachforschungsauftrag zu hinter legen. Mittlerweile gibt es mehr als zwei Dutzend Beförderungsunternehmen bei der Bundesnetzagentur für Post und Telekommunikation, Elektrizität und Gas und Eisenbahnen mit einer 'bundeslandbezogene Lizenz' in NRW, die Briefe und Pakete befördern zu dürfen.

Nach ein paar Pedaldrehungen auf meinen Drahtesel war ich endlich bei meinem neuen Freund Knirps angelangt. Es stellte sich heraus, daß wir nur ein paar Straßen entfernt wohnten, also praktisch Nachbarn sind.

Mit dem bezahlten Beleg von mir, machte sich der Gerichtsvollzieher unverzüglich daran einen Erledigungsvermerk in meine Akte zu setzen. *„Geschafft, laß uns in der guten Stube einen Pott Kaffee trinken Erdi"*, sagte Krischan Knirps. *„Oh ha, der kommt aus dem Norden"*, dachte ich mir.

Also immer schön nachfragen bei jedem Betrieb, bei Ärzten, Handwerkern, auch bei Kaufhäusern, im Internet nach vorher schauen, wie Firmen die Ihre Rechnungen versenden und mit welchem Transportunternehmen sie zusammen arbeiten. Nicht das es Euch so ergeht wie mir …und Ihre keine Post bekommt…